日語閱讀越聽越上手

日本奇幻短篇集 II

星新一／著
Aikoberry／繪
李菁薇・林華芷／譯

笛藤出版

前言

想加強語文能力，最重要的就是持之以恆的學習，因此培養良好的學習興趣可說是相當關鍵的！而有趣生動的故事，人人都喜歡聽，我們利用這個特性，帶大家透過閱讀故事的方式來學習日文，希望透過故事的魅力，來激發讀者的學習意願、將學習變得更加有趣。

本書延續日本奇幻短篇的主題，同樣收錄了日本微型小說之神——星新一的短篇作品共十三篇。其平易近人的文風、精練犀利的筆觸，是作為挑戰閱讀日文原文小說的首選之作。這次編輯部特別挑選了有關宇宙、夢境等，超現實的題材，將再次帶領各位讀者一同穿梭於星新一打造出的奇幻世界，欣賞那一部部不朽的經典短篇。

為了方便各位讀者學習，每篇作品均以中日對照的方式呈現，並針對了較難的單字、句型做了註釋說明。此外，本書盡量採直譯式的翻譯法，能幫助讀者輕鬆對照文意。如此一來，便可透過閱讀星新一短篇集，來學習到故事中的單字、文法和句型的運用，再搭配情境配樂日語朗讀ＭＰ３訓練聽力，最後延伸至朗誦，讓日語發音更加自然標準，一次達到聽、說、讀的學習！

衷心希望各位讀者，能透過此書，感受到閱讀的樂趣，並將學習到的知識學以致用，如此一來學習更能夠持之以恆。快跟上腳步！和我們一同沉迷於星新一那迷幻懸疑的故事之中吧！

使用說明

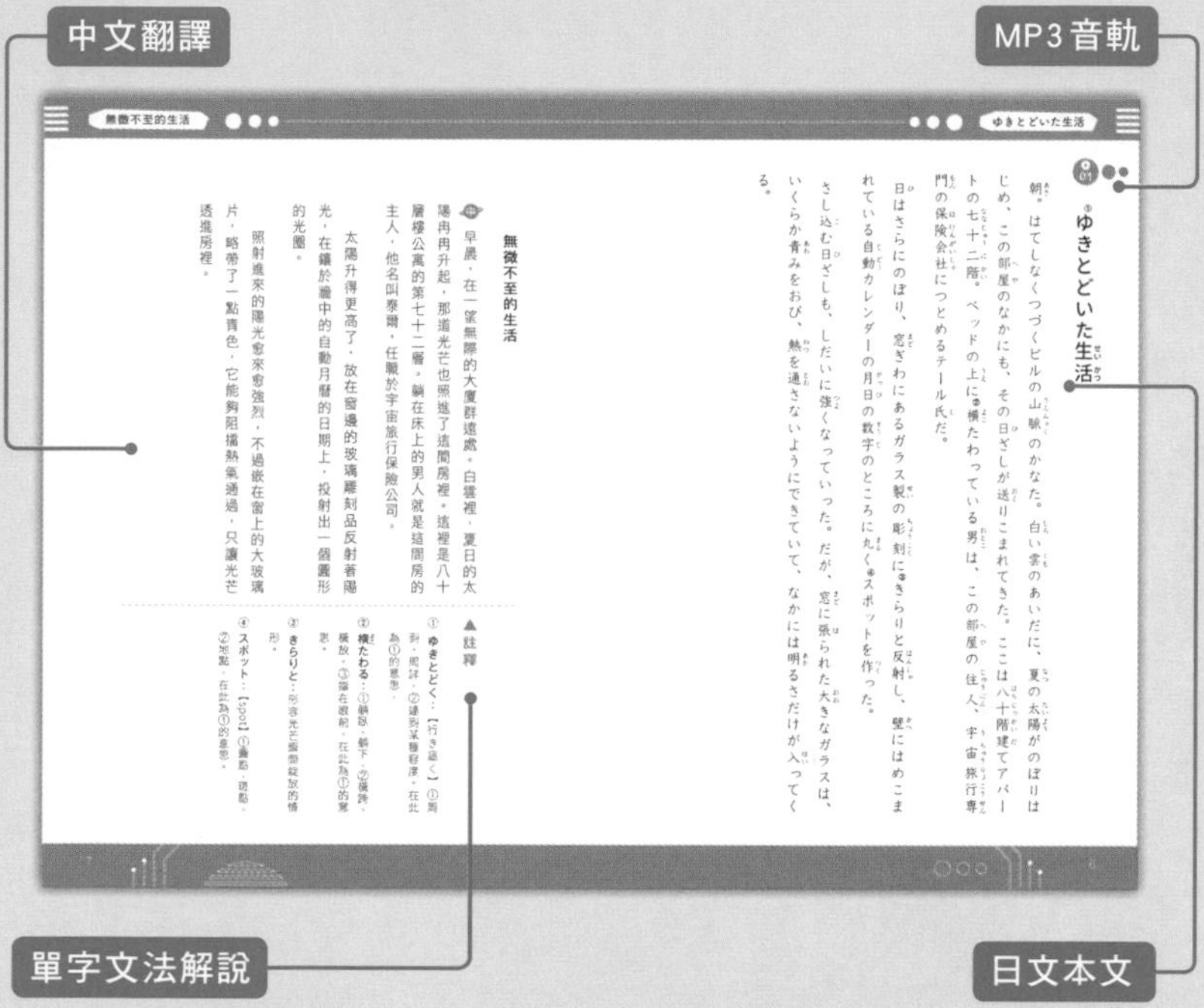

一、用耳朵聆聽，初步理解內容

每篇故事右上角都有音軌標示，可依心情選擇想播放的篇章，當音樂開始播放時，不仿闔上書本，豎起耳朵，隨著朗讀聲進入書中的情境。

二、先閱讀日文本文，再看中文解釋

聽完故事了解大致內容後，可翻開書本確認剛剛聽不懂的地方。建議先試著閱讀日文，再去看中文解說和中文翻譯，以訓練閱讀日文的速度。

三、查看單字與句型

若有不懂的單字或句型時，可參考單字文法解說，或查詢字典，並將意義和用法牢記在心，增加日語字彙量！

四、跟著ＭＰ３一起大聲朗讀

最後，當熟悉並理解故事內容後，再播放一次ＭＰ３，試著發出聲音與日語配音老師一起朗讀，使發音更正確！

目次

ゆきとどいた生活《せいかつ》

無微不至的生活

01

①ゆきとどいた生活《せいかつ》

朝《あさ》。はてしなくつづくビルの山脈《さんみゃく》のかなた。白《しろ》い雲《くも》のあいだに、夏《なつ》の太陽《たいよう》がのぼりはじめ、この部屋《へや》のなかにも、その日《ひ》ざしが送《おく》りこまれてきた。ここは八十階《はちじっかい》建《だ》てアパートの七十二階《ななじゅうにかい》。ベッドの上《うえ》に②横《よこ》たわっている男《おとこ》は、この部屋《へや》の住人《じゅうにん》、宇宙旅行専門《うちゅうりょこうせんもん》の保険会社《ほけんがいしゃ》につとめるテール氏《し》だ。

日《ひ》はさらにのぼり、窓《まど》ぎわにあるガラス製《せい》の彫刻《ちょうこく》に③きらりと反射《はんしゃ》し、壁《かべ》にはめこまれている自動《じどう》カレンダーの月日《がっぴ》の数字《すうじ》のところに丸《まる》く④スポットを作《つく》った。

さし込《こ》む日《ひ》ざしも、しだいに強《つよ》くなっていった。だが、窓《まど》に張《は》られた大《おお》きなガラスは、いくらか青《あお》みをおび、熱《ねつ》を通《とお》さないようにできていて、なかには明《あか》るさだけが入《はい》ってくる。

無微不至的生活

（中）早晨，在一望無際的大廈群遠處。白雲裡，夏日的太陽冉冉升起，那道光芒也照進了這間房裡。這裡是八十層樓公寓的第七十二層。躺在床上的男人就是這間房的主人，他名叫泰爾，任職於宇宙旅行保險公司。

太陽升得更高了，放在窗邊的玻璃雕刻品反射著陽光，在鑲於牆中的自動月曆的日期上，投射出一個圓形的光圈。

照射進來的陽光愈來愈強烈，不過嵌在窗上的大玻璃片，略帶了一點青色，它能夠阻擋熱氣通過，只讓光芒透進房裡。

▲註釋

① **ゆきとどく：**【行き届く】①周到、周詳。②達到某種程度。在此為①的意思。

② **横《よこ》たわる：**①躺臥、躺下。②橫跨、橫放。③擋在眼前。在此為①的意思。

③ **きらりと：**形容光芒瞬間綻放的情形。

④ **スポット：**【spot】①圓點、斑點。②地點。在此為①的意思。

それに、室内《しつない》にある装置《そうち》のため、ほどよい気温《きおん》と、かすかな花《はな》のかおりを含《ふく》んだ新鮮《しんせん》な空気《くうき》が、①すみずみまで満《み》ちていた。気温《きおん》は一年《いちねん》を通《つう》じて、いつも②一定《いってい》に③保《たも》たれるが、花《はな》のかおりは季節《きせつ》と人《ひと》の好《この》み④によって変《か》えられる。いまは夏《なつ》なので、テール氏《し》の好《この》みによって、ユリの花《はな》をもとに調合《ちょうごう》されたかおりが、片《かた》すみの装置《そうち》から静《しず》かにはき出《だ》されている。

壁《かべ》のカレンダーの上《うえ》の時計《とけい》が八時《はちじ》をさし、⑤かちりと小《ちい》さな音《おと》をたてた。それにつづいて、大輪《たいりん》の花弁《はなびら》のような形《かたち》をした銀色《ぎんいろ》のスピーカーから、音楽《おんがく》がわき、声《こえ》がていねいに呼《よ》びかけてきた。

「さあ、もうお起《お》きになる時間《じかん》でございます。さあ、もうお起《お》きになる……」

時計《とけい》やすべての装置《そうち》と、完全《かんぜん》に連絡《れんらく》されている録音《ろくおん》テープの《声《こえ》》は、同《おな》じことを三回《さんかい》くりかえした。だが、テール氏《し》が起《お》きあがる気配《けはい》を示《しめ》さないので、声《こえ》はとまり、かわって壁《かべ》のなかで、⑥歯車《はぐるま》の切《き》りかえられる音《おと》がかすかにおこった。

中 同時，因室內某個裝置的關係，宜人的溫度與含有淡淡花香的新鮮空氣，盈滿了整間房。室溫一整年都維持在一定的溫度，而花兒的香氣能依個人喜好與季節做變化。現在正值夏季，搭配泰爾的喜好後，以百合為基底調配而成的香氣，正由房裡角落的裝置，清幽地散發著。

當月曆上方的時鐘指向八點時，喀嘰地發出了小小的聲響。接著，從大片花瓣狀的銀色擴音器裡，傳出了音樂，並響起了禮貌的叫喚聲：

「嘿，現在是起床的時間。您該起床囉……。」

錄音帶和時鐘，以及所有裝置，全都連接在一起，它所發出的「聲音」，將同樣的事情反覆說了三次。但泰爾似乎沒有要起床的跡象，於是聲音停止了，這次則從壁中響起了細微的齒輪聲。

▲**註釋**

① **すみずみ：**【隅々】各個角落、各方面。

② **一定《いってい》に：**①固定不變。②規定。③穩定。在此為①的意思。

③ **保《たも》つ：**①保持、維持某種狀態。②保護、保住。③保存、存有。在此為①的意思。

④ **～によって：**①表示原因理由。②表示方法手段。③依照（情況有所不同）。④根據……、透過……。在此為③的意思。

⑤ **かちりと：**形容金屬物碰撞的微弱聲響。

⑥ **歯車《はぐるま》：**齒輪。

天井《てんじょう》から、静《しず》かに《手《て》》がおりてきた。どこの家《いえ》にもあり、人《ひと》びとが《手《て》》と呼《よ》んでいるこの装置《そうち》は、やわらかい①プラスチックで作《つく》られた、大《おお》きなマジック・ハンドのようなものだ。

「お起《お》きにならないと、会社《かいしゃ》におくれてしまいます。お眠《ねむ》いでしょうが、おつとめには、いらっしゃらないといけません」

《声《こえ》》とともに《手《て》》は毛布《もうふ》を②どけ、テール氏《し》を抱《だ》きおこした。そして、浴室《よくしつ》のほうへ運《はこ》んでいった。テール氏《し》は昔《むかし》のあやつり人形《にんぎょう》のように動《うご》かされ、自動的《じどうてき》に開《ひら》いた浴《よく》室《しつ》のドアに迎《むか》えられた。《手《て》》がテール氏《し》をシャワーの下《した》に運《はこ》ぶと、まず壁《かべ》から小《ちい》さな《手《て》》が出《で》て、彼《かれ》の顔《かお》に脱毛《だつもう》クリームをぬった。これは五秒間《ごびょうかん》ぬっておくと、皮膚《ひふ》にはなんの害《がい》も③及《およ》ぼさずにひげを完全《かんぜん》に溶《と》かしてしまう作用《さよう》を持《も》っている。

一方《いっぽう》、大《おお》きな《手《て》》は巧《たく》みに動《うご》いて、テール氏《し》のからだから、④ゆるやかなパジャマをはぎとり、それをそばの電子洗濯装置《でんしせんたくそうち》に⑤ほうりこんだ。

中 天花板上，慢慢地伸下一隻「手」來。每個家庭都有，這種大家稱之為「手」的裝置，它是由柔軟的塑膠製成，形狀像一隻大型的魔術手臂。

「再不起床，上班就要遲到了。雖然您很睏，但還是必須去上班呀！」

隨著「聲音」響起，「手」把棉被掀開後，把泰爾抱起來。接著把他送進浴室裡。泰爾就像從前的傀儡娃娃似地被移動，被送進了自動開啟的浴室門裡。「手」把泰爾送到蓮蓬頭下後，壁中出現另一隻小型的「手」，將脫毛膏塗到他的臉上。這個脫毛膏，只要塗上靜置五秒後，就具有不傷肌膚地完全溶解鬍子的功用。

另一邊，大「手」正以輕巧的手法，褪去泰爾身上柔軟的睡衣，並將睡衣丟入一旁的電子洗衣機中。

▲註釋

① **プラスチック**：【plastic】塑膠。

② **どける**：【退ける】移開、挪開。

③ **及《およ》ぼす**：波及、影響。

④ **ゆるやか**：【緩やか】①緩慢、緩和。②寬鬆、寬大。③舒暢、悠然自得。在此為②的意思。

⑤ **ほうりこむ**：【放り込む】丟進、扔進。

「では、シャワーをおかけいたします」

《声《こえ》》につづいて、さわやかな音《おと》をたてながら、適当《てきとう》な温度《おんど》のお湯《ゆ》が降《ふ》りそそぎはじめた。そして、やがて夕立《ゆうだち》の去《さ》ってゆくように、シャワーは弱《よわ》まり、止《と》まった。それを待《ま》っていたかのように、乾燥《かんそう》した風《かぜ》が吹《ふ》きつけ、テール氏《し》のからだを渦巻《うずま》きながら①こすり、たちまちのうちに、皮膚《ひふ》の上《うえ》に残《のこ》った水滴《すいてき》を消《け》していった。

それがすむと、噴霧器《ふんむき》によって②オーデコロンが軽《かる》くあびせられた。《手《て》》はテール氏《し》に洗濯《せんたく》のできている、清潔《せいけつ》な、まっ白《しろ》い服《ふく》をきせ終《お》えた。

「では、朝食《ちょうしょく》の用意《ようい》ができておりますから、どうぞ、こちらへ」

《声《こえ》》とともに《手《て》》はテール氏《し》を食堂《しょくどう》に案内《あんない》し、椅子《いす》の上《うえ》におろした。そこのテーブルの上《うえ》には、台所《だいどころ》から③コンベアーで運《はこ》ばれてきた朝食《ちょうしょく》が並《なら》び、コーヒー、ミルクなどのにおいが④ただよっていた。

「さあ、おめし上《あが》りになって下《くだ》さい」

中

「那麼，現在要開始沖澡了。」

隨著「聲音」結束後，響起了一道清脆的水聲，開始灑下溫度適中的熱水。不久後，像驟雨停歇般，水勢逐漸轉弱，接著停下。一陣乾燥的風，迫不急待似地吹拂而來，包圍並擦拭著泰爾的身軀，頃刻間，殘留在他肌膚上的水滴都消失了。

結束這道手續後，從噴霧器噴出的古龍水，輕巧地灑於其身。「手」替泰爾換上了清洗乾淨的潔白衣服。

「早餐準備好了，請到這兒來。」

隨著「聲音」，「手」將泰爾帶到餐廳的椅子上。餐桌上擺放著由廚房輸送帶送來的早餐，咖啡、牛奶的香氣瀰漫在空氣中。

「請用餐吧。」

▲註釋

① こする：【擦る】摩擦。
② オーデコロン：【eau de Cologne】古龍水。
③ コンベアー：【conveyor】輸送帶。
④ ただよう：【漂う】①飄散、籠罩（於空中、水面）。②洋溢、充滿（某種氣氛）。③徘徊。在此為①的意思。

それとともに、テレビのスイッチが入《はい》った。前《まえ》の日《ひ》のニュースの①ダイジェストが大《おお》きなスクリーンの上《うえ》で、美《うつく》しい色彩《しきさい》によって物語《ものがた》られ、三分間《さんぷんかん》つづいた。大事件《だいじけん》など起《おこ》らない、②おだやかな時代《じだい》だ。

それが終《おわ》ると、テレビのスイッチが切《き》れ、かわって三方《さんぽう》の壁《かべ》から、やわらかな音楽《おんがく》が流《なが》れ出《だ》してきた。③華《はな》やかな音楽《おんがく》は、明《あか》るい日《ひ》ざしのなか、すがすがしい空気《くうき》のなかで、しばらく舞《ま》いつづけた。

音楽《おんがく》が低《ひく》くなり、《声《こえ》》が言《い》った。

「おすみでしたら、おさげいたします」

すべては④日課《にっか》に合《あ》わせて動《うご》きつづける。テール氏《し》がそばのボタンを押《お》さず、拒否《きょひ》の意《い》志《し》を示《しめ》さないので、コンベアーが動《うご》きはじめた。テーブルの上《うえ》の食器《しょっき》は、⑤かちゃかちゃと陶器《とうき》と金属《きんぞく》の⑥ふれあう音《おと》をたてながら、台所《だいどころ》のほうに動《うご》いていった。

中 隨著「聲音」，開啟了電視開關。前一天的新聞概要，從偌大的螢幕，以豔麗的色彩播報了三分鐘。是個沒發生什麼重大事故的和平時代。

播完後，關上了電視開關，接著從三面牆壁傳出了柔和的樂聲。這美妙的音樂在明亮的陽光，以及清爽的空氣中迴盪著。

音樂聲漸漸降低，「聲音」説道：

「如果您用完膳了，我就來收拾了。」

一切都按照每天慣例的流程進行著。由於泰爾沒有按下身旁的按鈕來表示拒絕，所以輸送帶又開始轉動了。餐桌上的餐具，吭啷吭啷地發出陶器與金屬相碰撞的聲響，一邊往廚房移動。

▲註釋

① **ダイジェスト：**【digest】摘要、概要。

② **おだやか：**【穏やか】①安穩、和平。②穩重、溫和。③圓滿、妥當。在此為①的意思。

③ **華《はな》やか：**華麗、輝煌、顯赫。

④ **日課《にっか》：**每天必做的活動。

⑤ **かちゃかちゃ：**硬物持續相互碰撞的微弱聲響，為擬聲語。

⑥ **ふれあう：**【触れ合う】①互相接觸。②親近。在此為①的意思。

音楽《おんがく》はふたたび高《たか》くなり、スプレー・セットが動《うご》いてきて、テール氏《し》の前《まえ》で止《と》まった。容器《ようき》のなかの薬品《やくひん》の霧《きり》を吸《す》い込《こ》めば、頭痛《ずつう》がおさまる。しかし、テール氏《し》は、けさは、それに手《て》を伸《の》ばそう①としなかった。

しばらくのあいだ、音楽《おんがく》が曲《きょく》を変《か》えながら、響《ひび》いていた。

時計《とけい》が八時《はちじ》五十分《ごじっぷん》を示《しめ》し、音楽《おんがく》はふたたび低《ひく》くなり、②とだえた。《声《こえ》》がかわりに注意《ちゅうい》をうながした。

「さあ、もうお出《で》かけの時間《じかん》でございます」

《手《て》》はテール氏《し》を立《た》たせ、部屋《へや》の一隅《いちぐう》につれていった。近《ちか》づくにつれ、そこのドアは自動的《じどうてき》に開《ひら》いた。そこには丈夫《じょうぶ》な透明《とうめい》プラスチックでできた、卵《たまご》に似《に》た形《かたち》のものがある。それは、だれもが使《つか》う乗《の》り物《もの》なのだ。《手《て》》はテール氏《し》をそれに入《い》れ、

樂聲再度提高，全套的吸入器組，在泰爾的面前停了下來。只要吸入容器中藥品的霧氣就能止住頭痛。但泰爾今天早上並沒有要伸手去取它的意思。

過了一段時間後，音樂換了一首曲調，繼續演奏著。

時鐘指向八點五十分，音樂再次降低，最後停下了。

「聲音」則提醒泰爾：

「已經到出門的時間了。」

「手」扶著泰爾站起身，將他帶到房間的另一個角落。隨著他的接近，門自動地開啟。那裡有架安全、透明的塑膠製蛋形物。這是每個人都在使用的交通工具。「手」把泰爾送入裡面。

▲**註釋**

① **～とする：**前加動詞意向形，表示正要做某種動作。

② **とだえる：**【途絶える】①中斷。②斷絕關係。在此為①的意思。

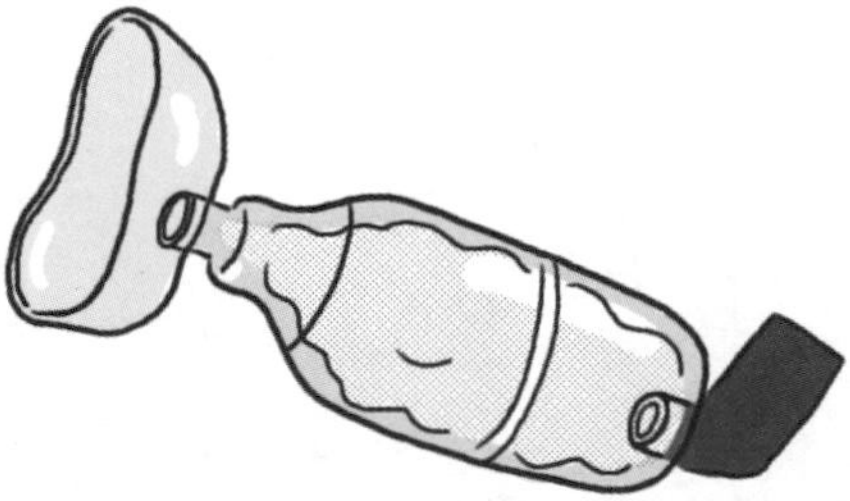

「さあ、きょうもお元気《げんき》に、いってらっしゃいませ。掃除《そうじ》と整理《せいり》はお留守《るす》のあいだに、いつもの通《とお》りにやっておきますから」

という《声《こえ》》とともに、丸形《まるがた》の乗《の》り物《もの》のドアをしめ、そばのボタンを押《お》した。カチッという音《おと》とともに、①圧搾空気《あっさくくうき》の作用《さよう》で、その乗《の》り物《もの》は、奥《おく》の大《おお》きなパイプのなかに吸《す》いこまれていった。このパイプは都市《とし》の②いたるところ、ビルのどの部屋《へや》までも③行《い》きわたっていて、強《つよ》い空気《くうき》の圧力《あつりょく》で押《お》され、だれでも、短時間《たんじかん》の④うちに、目的地《もくてきち》に行《い》きつくことができる。

テール氏《し》の乗《の》り物《もの》もパイプのなかを進《すす》んだ。その先端《せんたん》についた小型《こがた》の装置《そうち》は無電《むでん》を出《だ》しつづけ、パイプはそれを受信《じゅしん》して、⑤こみいったパイプ道路《どうろ》のなかを、まちがいなく行先《いきさき》に案内《あんない》する。

中

「願您今日也有個愉快的一天，路上小心。打掃與整理的工作，會在您外出時，一如往常地處理完畢。」

「聲音」説完後，「手」便關上了蛋形交通工具的門，並按下一旁的按鈕。

隨著「咔嚓」的聲響，在壓縮空氣的作用下，蛋形交通工具被吸入深處的一條大管子裡。都市到處都有這種管子，它通往大廈的任何一間房，靠著強大的空氣壓力擠壓，任何人都能在短時間內，到達目的地。

泰爾的交通工具也在管子中前進。安裝於前端的裝置會不斷發出無線電，管子接收信號後，會帶領它在這錯綜複雜的管道裡，正確抵達目的地。

▲註釋

① **圧搾《あっさく》：**壓榨、壓縮。

② **いたるところ：**【至る所】到處。

③ **行《い》きわたる：**【行き渡る】普遍、遍及。

④ **うちに：**前加名詞＋の、形容詞・形容動詞連體形，表示在……之前、趁……時。

⑤ **こみいる：**【込み入る】①錯綜複雜。②闖入。在此為①的意思。

五分後《ごふんご》に、テール氏《し》の乗《の》り物《もの》は、彼《かれ》の会社《かいしゃ》の玄関《げんかん》にあらわれて止《とま》った。出勤時間《しゅっきんじかん》なので、玄関《げんかん》は大《おお》ぜいの社員《しゃいん》でこみあっていた。そのひとりは、プラスチックごしに、テール氏《し》に呼《よ》びかけた。

「おはよう。テール君《くん》。どうしたんだい、ばかに顔色《かおいろ》が悪《わる》いじゃないか」

しかし、テール氏《し》は乗《の》り物《もの》から出《で》ようとしなかった。声《こえ》をかけた同僚《どうりょう》は、手《て》をのばしテール氏《し》の手《て》をひっぱろうとし、声《こえ》をはりあげた。

「冷《つめ》たい。おい、医者《いしゃ》だ」

まもなく、やはりパイプ道路《どうろ》によって、医者《いしゃ》がやってきた。ざわめきのなかで、医者《いしゃ》はテール氏《し》のからだを調《しら》べた。

「どうでしょう。ぐあいは」

中

五分鐘後，泰爾的交通工具停在他公司的大門口。

因正值上班時間，所以門口擠滿了許多職員。其中一人隔著塑膠，呼喚泰爾：

「早安，泰爾。你怎麼了？臉色怎麼那麼難看？」

但泰爾卻似乎不打算從交通工具裡走出來。那名同事伸手打算拉泰爾的手時，他驚呼一聲：

「好冰，喂！快去請醫生來。」

不久，醫生也經由管道來到了這裡。在吵雜聲中，醫生檢查了泰爾的身體。

「情況如何？」

「もう、①手《て》おくれです。テール氏《し》は前《まえ》から心臓《しんぞう》が弱《よわ》かったので、その発作《ほっさ》を起《おこ》したのです」

「いつでしょうか」

「そうですね。死後《しご》、約十時間《やくじゅうじかん》ですから、昨晩《さくばん》というところでしょうな」

中「已經太遲了。泰爾以前心臟就不好，這次是心臟病發作導致的。」

「何時發作的？」

「嗯……，他已經死了大概十個小時，所以應該是昨晚的事吧！」

▲註釋

①手《て》おくれ：【手遅れ】為時已晚。

薄暗《うすぐら》い星《ほし》で

在昏暗的星球上

02

薄暗《うすぐら》い星《ほし》で

まっ黒《くろ》なガラスの板《いた》の上《うえ》に、限《かぎ》りない宝石《ほうせき》を①まき散《ち》らして凍《こお》らせたよう。宇宙《うちゅう》は、これ以外《いがい》の表情《ひょうじょう》を作《つく》らない。その星々《ほしぼし》の②かすかな光《ひかり》が集《あつま》って、この黒《くろ》っぽい岩《いわ》ばかりの小《ちい》さな星《ほし》の上《うえ》に薄暗《うすぐら》さを③もたらしていた。そのなかには太陽《たいよう》からの光《ひかり》も④まざってはいるが、地球上《ちきゅうじょう》では明《あか》るく希望《きぼう》を象徴《しょうちょう》しているあの太陽《たいよう》も、こう遠《とお》くはなれていては、もはや輝《かがや》きを失《うしな》い、暖《あたた》かさを送《おく》ってはくれない。ここでは、いつまでもいつまでも、寒《さむ》さと夕《ゆう》ぐれだけがつづいて行《ゆ》く。

静寂《せいじゃく》のなかで、すべてが静止《せいし》していた。しかし、地表《ちひょう》に⑤よどんでいる重《おも》いガスのなかに、なにか⑥うごめくようなけはいがあった。そのけはいは高《たか》まり、かすかなひとつの声《こえ》となった。

「ここからは、地球《ちきゅう》が見《み》えないのか。緑《みどり》と青《あお》のまざった色《いろ》の星《ほし》を、だれかさがしてくれないいか。よく眺《なが》めてみたいんだ……」

在昏暗的星球上

中 宛如在一片漆黑的玻璃板上，灑滿了無以數計的美麗寶石般——宇宙，除此風貌外，不再展現其他姿態。自各座星球匯集而來的光芒，微弱地傾瀉在這滿布黑岩石的小星球上。太陽光雖然也夾雜其中，但這顆在地球上象徵著燦爛希望的太陽，與此相距太過遙遠，早已失去了那抹光輝，無法傳遞溫暖過來。這座星球上，自始至終只有冷冽和薄暮不斷地持續著。

在無邊的寂靜中，一切都是靜止的。然而，沉滯在地表上的重氣體裡，好似有什麼東西正在蠕動著，那股動靜逐漸地明朗，最後出現了一道微弱的聲音：

「能從這裡看到地球嗎？有誰能替我找找看那顆夾雜著藍、綠色的星球？我想仔細地看看它……。」

▲註釋

① **まき散《ち》らす**：散布。

② **かすか**：【微か／幽か】①微弱。②貧困。在此為①的意思。

③ **もたらす**：①帶來。②引發、招致（不好的狀況）。在此為①的意思。

④ **まざる**：【混ざる】混入、參雜。

⑤ **よどむ**：【淀む】①淤塞、不流通。②沉澱、混濁。③停滯不動。在此為①的意思。

⑥ **うごめく**：【蠢く】蠕動。

その声《こえ》は、ガスのなかをひろがっていった。しばらくの間《あいだ》をおいて、少《すこ》しはなれたところから、べつな①かすれたような声《こえ》が返《かえ》ってきた。

「おい、そんなことを考《かんが》えるなよ。われわれには、もう考《かんが》える必要《ひつよう》はなにもないんだ。動《うご》く必要《ひつよう》さえも、ないんだよ」

「そうだったな。しかし、この頭《あたま》というやつは、なにかを考《かんが》えるようにできている。こればかりは、どうしようもないんだ」

薄暗《うすぐら》さのなかで、さびた色《いろ》の影《かげ》がゆっくりと倒《たお》れ、小《ちい》さな金属的《きんぞくてき》な②響《ひび》きをたてた。

「われわれロボットは、みんな、こんな終《お》わり方《かた》をしているのだろうか」

「ああ、そうらしいよ。地球上《ちきゅうじょう》でそれぞれの主人《しゅじん》たちの、私生活《しせいかつ》を知《し》りすぎているロボット。使《つか》い古《ふる》されたわれわれロボットの捨《す》て場《ば》は、地球上《ちきゅうじょう》にはないんだよ」

「分解《ぶんかい》してしまえば、いいだろうに」

中 聲音在氣體中散播開來。過了好一會兒後，不遠處傳來另一個略帶沙啞的聲音：

「喂！別再想這種事了。我們現在已經沒有思考的必要，甚至也沒有行動的必要了。」

「是啊！但我這顆腦袋，是被製成能思考的腦袋。我沒辦法控制它呀。」

在昏暗中，一道鏽色的身影緩緩倒了下去，發出一陣輕微的金屬碰撞聲。

「我們機器人，大家都是這樣結束一生的嗎？」

「是啊！應該吧！地球上每個機器人都知道太多主人的秘密。而我們這種被用舊的機器人，地球上根本沒有可丟棄之處。」

「把我們分解開來不就行了嗎？」

▲**註釋**

① **かすれる：**①沙啞。②飛白，筆畫中有空白無墨之處。

② **響《ひび》きをたてる：**發出聲響。

「だが、その分解工場《ぶんかいこうじょう》に運《はこ》ぶ途中《とちゅう》で、だれかが①聞《き》き出《だ》しはしないかと、心配《しんぱい》でならないらしいんだ」

「それなら高熱炉《こうねつろ》にほうりこんで、目《め》の前《まえ》で融解《ゆうかい》させたらよさそうなものだが」

「しかし、長《なが》いあいだ使《つか》ってきた自分《じぶん》のロボットに対《たい》しては、それができない②とみえる。まったく、人間《にんげん》というものはわからない。われわれの捨《す》て場《ば》として、宇宙《うちゅう》の空間《くうかん》しか思《おも》いつかないんだから」

あたりの薄暗《うすぐら》さは、少《すこ》しも変《かわ》らなかった。

「しかし、われわれがこんな星《ほし》に流《なが》れついたのは、どういうわけなのだろう」

「多《おお》くのロボットは宇宙《うちゅう》を流《なが》れたあげく、太陽《たいよう》に③ひきつけられて燃《も》えつきたり、宇《う》宙《ちゅう》の果《は》てに消《き》え去《さ》ったりしている。だが、なかにはただよっているうちに、この星《ほし》にひきつけられてくる者《もの》もある。ここには強《つよ》い磁力《じりょく》があるらしい。それが、金属質《きんぞくしつ》のわれわれの体《からだ》を④ひき寄《よ》せるらしいな」

中

「但他們好像擔心在運送到分解工場的途中，秘密會被某人套出來。」

「既然這樣，可以把我們扔到高熱爐中，在他們的眼前熔解我們呀！」

「但他們似乎不忍心這樣對待長期使用過的機器人。真是的，人類這種生物實在難以理解。因此除了宇宙空間外，他們也想不到哪裡能當我們的棄置場了。」

四周還是一片昏暗，並沒有絲毫的改變。

「可是，我們怎麼會飄流到這座星球上呢？」

「大多數的機器人在宇宙中漂流到最後，不是被吸進太陽化為灰燼，就是消失在宇宙的盡頭。不過，也有在漂流期間，被這座星球吸引而來的機器人。看來這裡似乎有很強大的磁力，所以才會吸引我們這些金屬製機器人。」

▲註釋

① **聞《き》き出《だ》す**：①探聽、打聽。②開始聽。在此為①的意思。

② **～とみえる**：【～と見える】推測、似乎。

③ **ひきつける**：【引き付ける】①拉近自己身邊、誘惑。②吸引。③牽強附會。④抽筋。在此為②的意思。

④ **ひき寄《よ》せる**：【引き寄せる】①拉近自己身邊。②吸引。在此為②的意思。

「それなら、われわれのほかにも、この星《ほし》にロボットがいるのだろうな。そいつらはなにをしているんだ」

「その少《すこ》しはなれた岩《いわ》かげにも、ひとり倒《たお》れているよ。だが、話《はな》しかけてもむだだよ。やつはだいぶ前《まえ》に流《なが》れついたので、もう答《こた》える力《ちから》は残《のこ》っていない」

「変《へん》じゃないか。われわれロボットの部分品《ぶぶんひん》は、そう早《はや》くはだめにならないはずだが」

「いや、この地表《ちひょう》によどんでいるガスに、金属《きんぞく》を腐食《ふしょく》する成分《せいぶん》が含《ふく》まれているらしく、徐々《じょじょ》に音《おと》もなく、部分品《ぶぶんひん》がやられてゆく。そして、やがて全部《ぜんぶ》が止《と》まるのだよ」

単調《たんちょう》な無表情《むひょうじょう》な声《こえ》で、この会話《かいわ》はつづいた。

「最後《さいご》まで残《のこ》る部分《ぶぶん》は、どこなんだろう」

「記憶《きおく》と思考《しこう》の部分《ぶぶん》らしいな。そこには、さびにくい金属《きんぞく》が使《つか》われているから。岩《いわ》かげのやつも、動《うご》きはしないが、あるいはその部分品《ぶぶんひん》はまだ動《うご》いているかもしれない」

中「這麼說，除了我們之外，這座星球上應該還有別的機器人囉？不曉得它們現在正在做什麼呢？」

「在前面不遠的那塊岩石陰影處，也倒了一個機器人喔。可是，跟它搭話也是白費力氣。因為它在挺久之前就飄流到這裡，已經沒有回答我們的力氣了。」

「奇怪了，我們機器人的零件怎麼可能那麼快就報銷呢？」

「滯留在這地表上的氣體，好像含有腐蝕金屬的成分，所以聲音會逐漸消失，零件也會被破壞掉，過不了多久，所有機能都會停止了。」

單調且無表情的聲線，持續著對話。

「那最後殘留下來的，會是哪個部分？」

「大概是記憶和思考的部分吧！因為那裡是用不易生鏽的金屬所製成。那位倒在岩石陰影處的傢伙雖然已經無法動彈了，但或許它那個部位的零件還能運作。」

「そうとしたら、やつはなにを考《かんが》えているのだろうか」

「それは、われわれと同《おな》じように、地球《ちきゅう》で①つかえた主人《しゅじん》のことだろう。いまでもやつの主人《しゅじん》の声《こえ》が聞《き》こえたら、やつは立《た》ちあがろうとするだろうな。そんな力《ちから》は残《のこ》っていないのに」

しばらく会話《かいわ》は②とぎれたが、その時間《じかん》を埋《う》める動《うご》きは、この星《ほし》には、なにひとつなかった。

「主人《しゅじん》か……。きみの主人《しゅじん》はどんな人《ひと》だったい」

「そうだな。どんなって言《い》われても、言《い》い③ようがない。まあ、人間《にんげん》というのは、みんなあんなものだろうな。主人《しゅじん》も、その奥《おく》さんも適当《てきとう》にロマンチックで、適当《てきとう》にまじめだった。そして適当《てきとう》に④ずるく、適当《てきとう》に⑤涙《なみだ》もろい。きみのはどうだった」

中

「要是這樣，那它現在在想什麼呢？」

「大概和我們一樣，想著曾在地球上服侍過的主人吧！要是它現在聽到它主人的聲音，肯定會努力試著站起來吧。儘管它現在已經沒有那個力氣了。」

談話暫時中斷了，而這座星球上，並沒有任何的動靜來填補這段時間的空白。

「主人嗎……。你的主人是怎樣的人？」

「唔，就算你問我，我也不知道該怎麼說。哎呀，反正人類，大概都是那樣的。我的主人和他的太太，是個浪漫得剛剛好，普通認真的人。而且有些狡猾、心腸也有點軟。你的主人呢？」

▲**註釋**

① **つかえる：**【仕える】①服侍、伺候。②任公家機關的職位。③侍奉神佛。在此為①的意思。

② **とぎれる：**【途切れる】中斷。

③ **～ようがない：**前加動詞連用形，表示沒辦法做某事。

④ **ずるい：**狡猾的。

⑤ **涙《なみだ》もろい：**愛哭、心軟。

「同《おな》じようなものだったよ。人間《にんげん》というものは、だれもかれも①大差《たいさ》ないな。それなのに、なんで、ああ私生活《しせいかつ》を他人《たにん》に知《し》られるのを、いやがるんだろう。わからんな」

「わからん」

また、しばらく会話《かいわ》がやんだ。

「ここには動《うご》くものは、なにもないんだな」

「ああ。だが、ないことはない。動《うご》いてみせようか。ここに主人《しゅじん》の声《こえ》を②吹《ふ》きこんだ、テープの切《き》れはしを持《も》っているんだ。これを耳《みみ》に当《あ》てて、再生《さいせい》すればいい。いま、やってみせるよ」

ひとりのロボットは薄暗《うすぐら》さのなかで立《た》ちあがり、動《うご》こうとした。しかし、③きしるような音《おと》をたてて、二《に》、三歩《さんぽ》④よろめいただけで、すぐに崩《くず》れるように倒《たお》れた。かすかに砂《すな》ぼこりが舞《ま》った。が、それもすぐにおさまった。

「和你的一樣哦！人類這種生物呀，每個人都差不多啦！儘管如此，為什麼他們卻那麼討厭讓別人知道自己的私生活呢？實在費解。」

「不知道。」

談話又中止了一會兒。

「這裡已經沒有會動的東西了吧？」

「嗯！不過，也不盡然。我動給你看看吧！我這裡有收錄我主人聲音的錄音帶片段，只要把它貼在耳朵上播放就行了。我現在就弄給你看。」

一架機器人在昏暗中站了起來，試圖移動身子。然而，它發出了嘎吱嘎吱的聲響，搖搖晃晃地走了兩三步後，便崩解似地倒了下去。它的身邊揚起了些許的沙塵，旋即又靜止下來。

▲**註釋**

① **大差《たいさ》ない**：差別不大。

② **吹《ふ》きこむ**：【吹き込む】①颳進、灌進。②灌輸（負面的）思想。③錄音。在此為③的意思。

③ **きしる**：①硬物用力摩擦時的聲響。②啃咬。在此為①的意思。

④ **よろめく**：①蹣跚、踉蹌。②迷惑上、出軌。在此為①的意思。

「だめだ。もう手足《てあし》が、きかなくなってきた。ガスの腐食《ふしょく》は、ずいぶん早《はや》いらしい」

「では、われわれのすべての部分《ぶぶん》が動《うご》かなくなるのも、もうまもなくだな」

「おそらく、そうだろう。きみの声《こえ》もさっきにくらべ、だいぶかすれてきたぜ」

二人《ふたり》のロボットは①横《よこ》になったまま、空《そら》をみつづけた。

「おい。あれが地球《ちきゅう》じゃないかな。緑色《みどりいろ》をしているじゃないか」

「どれどれ、そんな星《ほし》は見《み》えないな。きみの思考部分《しこうぶぶん》に、ガスが②しみこみはじめたんだろう」

「なにをいう。レンズが③ゆがんできたのは、きみのほうだろうよ」

二人《ふたり》はかすれた声《こえ》をたてあった。それは笑《わら》い声《ごえ》のような響《ひび》きをたてた。

中 「不行了。手腳已經不聽使喚了，看樣子氣體的腐蝕速度相當快！」

「那麼，我們所有的零件也快不能運作了吧。」

「恐怕是吧！你的聲音比剛才更沙啞了。」

兩架機器人躺在地上，默默地仰視著天空。

「喂！那不是地球嗎？不就帶著綠色的色澤嗎？」

「哪個？哪個？我沒看見那種星球呀。大概氣體已經侵蝕到你的思考部分了吧！」

「說什麼話，我看你的鏡片才鬆掉了！」

它倆發出了沙啞的聲響，是個如笑聲似的聲響。

▲註釋

① **横《よこ》になる**：躺平或休息，為慣用語表現。

② **しみこむ**：【染み込む】①（氣體、液體、顏色等）滲入。②牢記於心。在此為①的意思。

③ **ゆがむ**：【歪む】①形容物品歪斜。②形容品行不端正。在此為①的意思。

「そうだ。完全《かんぜん》に狂《くる》ってしまう前《まえ》に、きみに聞《き》いてみたいことがあった。きみは体《からだ》の動《うご》きがすべて止《と》まってしまうことが、こわいかい」

「なんだ。そんなことを、①なにも聞《き》くことはないじゃないか。われわれロボットには、こわいなんて感情《かんじょう》がないじゃないか。なんで、そんなことを言《い》い出《だ》したんだ」

「人間《にんげん》たちがあんなに死《し》ということをいやがるわけが、わかったらなあと思《おも》ったのさ。しかし、われわれには無理《むり》なことだな。しかたがない」

「なんだか、まっ暗《くら》になってきたぜ。どうしたんだろう。星《ほし》が消《き》えたのかな」

「そうかい。それじゃあ、きっと光《ひかり》を感《かん》じる部分《ぶぶん》が、さびはじめたんだろう」

「いよいよ終《お》わりなんだな。じゃあ、いまのうちに、きみにあいさつをしておくよ。さよなら」

中「對了！在還沒完全生鏽之前，我有件事想問你。你怕不怕身體完全無法動彈？」

「怎麼搞的，你怎麼會問這種問題？我們機器人哪有害怕這一類的情感，你為什麼會問這種話？」

「我只是在想，如果能了解為什麼人類那麼害怕死亡就好了。但，這種事我們是無法理解的吧。沒辦法。」

「總覺得，四周都變得黑漆漆的。怎麼回事？星星全都消失了嗎？」

「是嗎？那一定是你的感光部分開始生鏽了吧。」

「看樣子末日終於要到了，那麼，趁現在先跟你道別吧！再見。」

▲**註釋**

① **なにも～ない**：①表示全面否定。②表示沒必要……。在此為②的意思。

「ああ、さよなら……」

沈黙《ちんもく》で満《み》ちた時間《じかん》が、薄暗《うすぐら》さのなかで流《なが》れていった。そのうち、どちらからともなく「おい」と呼《よ》びかけたようだった。しかし、これは話《はな》しかけたのか、発声《はっせい》の装置《そうち》がしぜんに動《うご》いたのかは知《し》りようがなかった。それに答《こた》える声《こえ》も、おこらなかった。

しばらくして、ネジの押《おさ》えでも腐食《ふしょく》したのか、バネのような部分品《ぶぶんひん》がふるえながらどこへともなく飛《と》んだ。そしてそのあとは、いつまでもなんの物音《ものおと》もおきなかった。

中

「嗯！再見……。」

充斥著沉默的時光，在這片昏暗中流逝而去。忽然不知從哪傳來一聲好像「喂」的呼喚。然而，我們無法明瞭，這是聲呼喚？或只是發聲裝置自然發出的聲響？同時，也沒有任何聲音，回應這聲呼喚。

過了一會兒，大概是壓住螺絲釘的物體被腐蝕了，彈簧的零件抖動了一陣後，不知彈飛到何方。自此以後，四周就再也沒有半點聲響了。

ある商売《しょうばい》

事業

03

ある商売《しょうばい》

あれこれ考《かんが》えたあげく、エム氏《し》は①労《ろう》せずして金《かね》の②もうかる事業《じぎょう》を③思《おも》いつき、それを実行《じっこう》に移《うつ》した。もちろん、④まともな商売《しょうばい》ではない。合法的《ごうほうてき》で、そんなうまい話《はなし》など、あるわけがないだろう。

小《ちい》さな事務所《じむしょ》を⑤かまえ、夕方《ゆうがた》ちかく、そこに出勤《しゅっきん》する。

「さて、きょうは、お客《きゃく》さんがあるだろうか」

ひとりでつぶやいた時《とき》、ドアにノックの音《おと》がした。

「どうぞ」

と応《おう》じると、見知《みし》らぬ男《おとこ》が警戒《けいかい》するような表情《ひょうじょう》で、なかをのぞきこんでいる。お客《きゃく》さんらしい。それを確認《かくにん》するためエム氏《し》は呼《よ》びかけてみた。

「熱帯魚《ねったいぎょ》の⑥押売《おしう》りでしたら、いまは、まにあっていますよ」

事業

（中）經一番思索後，M氏想出一項不費勞力即可賺錢的事業，並付諸實行。不用說，這肯定不是什麼正當的事業。要合法地輕鬆賺大錢，根本是不可能的事。

他成立了一間小小的事務所，M氏總在傍晚時前去上班。

「今天不曉得有沒有客人上門？」

就在他喃喃自語時，傳來了敲門聲。

「請進。」

話聲一落，一位素未謀面的男子，神情警戒地窺探室內。八成是客人沒錯。為了確認，M氏招呼道：

「若要強迫推銷熱帶魚，現在還來得及喔。」

▲註釋

① **労《ろう》する**：辛勞。
② **もうかる**：【儲かる】①賺錢。②撿到便宜。在此為①的意思。
③ **思《おも》いつく**：想到、想起。
④ **まとも**：正當的、正派的。
⑤ **かまえる**：【構える】①建造。②自立門戶。③擺出某種姿態。④準備好。在此為②的意思。
⑥ **押《おし》売《う》り**：強迫推銷。

「いえ。ちょっと、トイレをお借《か》りしようと思《おも》いまして」

と男《おとこ》は答《こた》えた。エム氏《し》は①にっこりし、そばの椅子《いす》をすすめ、②あいそのいい口調《くちょう》でしゃべりはじめた。

「③合言葉《あいことば》はその通《とお》り。よくいらっしゃいました。どうぞ、おかけ下《くだ》さい。わたしにおまかせになれば、ご安心《あんしん》ですよ」

エム氏《し》の仕事《しごと》は、アリバイ業《ぎょう》だった。だれかが犯罪《はんざい》をおこなう場合《ばあい》に、その時間《じかん》にはこの場所《ばしょ》で、ずっといっしょにいたという証人《しょうにん》になってやるのだ。そして、料金《りょうきん》をもらう。

宣伝《せんでん》する④わけにいかず、お客《きゃく》がはたして集《あつま》るかどうかが問題《もんだい》だった。だが、はじめてみると、利用者《りようしゃ》のほうから熱心《ねっしん》に⑤聞《き》き伝《つた》え、やって来《き》てくれる。けっこう⑥採算《さいさん》がとれるのだった。

男《おとこ》は心配《しんぱい》そうにいった。

中

「不，我只是想跟您借一下廁所。」

男子如此回應。M氏面帶笑容，請他入座，接著親切地開口招呼他。

「暗語一致。歡迎光臨，請到這邊坐。事情只要交給我辦，就儘管放心。」

M氏的工作是替人做偽證。若有人要實行犯罪時，他能夠擔任證人，證明那段時間他一直跟對方待在這裡。然後再收取報酬。

由於不能公開宣傳，曾擔心要怎麼招攬客人。但營運後，反倒是客人們主動慕名而來。盈利方面也還不錯。

男子不安地問：

▲註釋

①**にっこり**：同「にこり」，表示微微一笑。

②**あいそ**：【愛想】①待人的態度。②招待、款待。③對人的好感、信賴感。在此為①的意思。

③**合言葉《あいことば》**：①暗號。②標語。在此為①的意思。

④**～わけにいかない**：不能……。

⑤**聞《き》き伝《つた》える**：聽說、聽聞。

⑥**採算《さいさん》がとれる**：有盈餘。

「本当《ほんとう》に、うまくやっていただけるのでしょうか」

「そこは信用《しんよう》ですよ。①いいかげんだったら、このように営業《えいぎょう》をつづけてはいられないでしょう」

「それはそうですが……」

「これから電話《でんわ》をかけ、仲間《なかま》を二人《ふたり》ほど呼《よ》びます。あなたといっしょに、朝《あさ》までここで、②トランプをやりつづけていたということにします。みな約束《やくそく》は守《まも》りますから、大丈夫《だいじょうぶ》ですよ。わたしどもの証言《しょうげん》で無罪《むざい》になった人《ひと》は大《おお》ぜいいますが、わたしどもの③裏切《うらぎ》りで有罪《ゆうざい》になった前例《ぜんれい》はないはずです」

この説明《せつめい》を聞《き》いて、男《おとこ》は少《すこ》し④なっとくした。

「で、料金《りょうきん》のお支払《しはら》いは、どうしたらいいのでしょう」

「いま、半金《はんきん》をいただきます。あとの半分《はんぶん》は、帰《かえ》りに⑤お寄《よ》りになってお払《はら》い下《くだ》さい」

中

「真的沒問題嗎？」

「本公司以信譽著稱。要是做事馬虎，怎麼可能營運到現在？」

「話是沒錯……。」

「我待會就打電話找兩位夥伴過來。我們會佯裝跟你在此通宵打牌。這些人都肯遵守約定，不必擔心。過去有不少人因為我們的證詞，得以無罪開釋，但從來沒有人因為我們的背叛，而遭到判刑的。」

聽M氏這麼一說，男子放心不少。

「那要怎麼付款？」

「現在先跟您收取一半的費用，尾款的部分，等您辦完事後，再回到這裡付款。」

▲**註釋**

① **いいかげん：【いい加減】**①靠不住、馬馬虎虎。②適可而止。③相當、非常。④正好、剛剛好。在此為①的意思。

② **トランプ：【trump】**樸克牌。

③ **裏切《うらぎ》り：**背叛。

④ **なっとくする：【納得する】**同意、理解。

⑤ **寄《よ》る：**①靠近。②聚集。③偏向、傾向。④順路去。⑤增加。⑥倚靠。在此為④的意思。

「帰《かえ》りにも、ここへ寄《よ》らなければならないのですか」

「そうです。たとえば、この近所《きんじょ》でその時間《じかん》に火事《かじ》でもあったら、あなたも知《し》っておいたほうがいいでしょう。また、あなたのやり方《かた》が下手《へた》で、現行犯《げんこうはん》でつかまる場合《ばあい》も考《かんが》えられます。これには手《て》のつけようがありません。契約《けいやく》は解消《かいしょう》ということになります。しかし、証拠物件《しょうこぶっけん》を残《のこ》さなければ、あとはもう、①びくびくなさる必要《ひつよう》はございません」

「犯罪《はんざい》の内容《ないよう》で、料金《りょうきん》に②差《さ》はつかないのですか」

「かかった時間《じかん》によってちがうだけです。殺人《さつじん》だろうが、ビル荒《あら》しだろうが、同《おな》じになっています。お好《この》みの犯罪《はんざい》を、ご自由《じゆう》におやり下《くだ》さい。それに、あまりくわしくお聞《き》きするわけにもいかないでしょう。あなただって、それをたねに恐喝《きょうかつ》されるのではないかと気《き》になるでしょう。わたしは③あくまで、お客《きゃく》さまの立場《たちば》に立《た》ち、ご協力《きょうりょく》するというのが方針《ほうしん》なのです」

中

「辦完事後一定要回來嗎？」

「是的。假設，這附近如果在您犯案時發生火災的話，您知道也比較好，對吧？另外，我們也要設想，若您手法粗劣，以現行犯遭到逮捕的狀況。事若至此就無法挽回，屆時將會解除契約。不過您只要沒留下證物的話，之後也不必戰戰兢兢的了。」

「犯罪內容會關係到價碼嗎？」

「我們是以時間來計算的。不管是殺人也好，洗劫大樓也罷，都是一樣的價格。您可以實行自己喜歡的犯罪。況且，我們也不方便問得太仔細。您應該也會擔心我們會拿這件事恐嚇您吧！我的方針呢，就只是站在客人的角度給予協助罷了。」

▲註釋

① **びくびくする**：①形容因害怕而感到不安、畏畏縮縮的樣子。②身體某部位不斷地抖動。在此為①的意思。

② **差《さ》はつかない**：沒有差別。

③ **あくまで**：①澈底、始終。②到處、全都。③不過是～罷了。在此為③的意思。

「わかりました。では、半金《はんきん》。よろしくお願《ねが》いいたします。午前三時《ごぜんさんじ》ごろ、またお寄《よ》りしますから」

「それでは、ご成功《せいこう》を祈《いの》っております」

エム氏《し》に送《おく》られ、男《おとこ》は元気《げんき》に出《で》ていった。エム氏《し》は二人《ふたり》の仲間《なかま》を呼《よ》び、トランプをはじめた。だが、なにもやりつづけている必要《ひつよう》はない。トランプ①にあきれば、酒《さけ》を飲《の》みながら雑談《ざつだん》をしていても、テレビをながめていてもいい。

のんびりと時間《じかん》をつぶし、お客《きゃく》の帰《かえ》りを待《ま》てばいいのだ。世《よ》の中《なか》に、こんな楽《らく》な仕事《しごと》はないだろう。②退屈《たいくつ》を感《かん》じることもあるが、それはぜいたくというべきだ。

やがて夜《よる》もふけ、予定《よてい》の時間《じかん》になったころ、さっきの男《おとこ》が戻《もど》ってきた。うれしそうな顔《かお》だし、カバンもふくらんでいる。成功《せいこう》だったらしい。けっこうなことだ。

中

「知道了。這是一半的費用。萬事拜託了，凌晨三點左右我會再來一趟。」

「那麼，祝您成功。」

男子在M氏的目送下，朝氣十足地離去。M氏喚來兩名夥伴，開始打牌。不過他們也不必一直打下去。玩膩了，可以一面喝酒一面天南地北地閒聊，也可以看電視。

他們只要悠閒地消磨時間，等待顧客歸來即可。這世上應該再也沒有比這更清閒的工作了。雖然偶爾會覺得無聊，但這也只是個奢侈的煩惱。

夜半時分，到了約定的時間，那名男子回到了事務所。他笑容滿面，皮包也塞得滿滿的。八成是大事告成，真是太好了。

▲**註釋**

① **~にあきる：**【~に飽きる】表示對~感到厭煩、很膩。

② **退屈《たいくつ》：**①無聊。②厭煩。在此為①的意思。

エム氏《し》は二人《ふたり》の仲間《なかま》を紹介《しょうかい》した。それから、作《つく》っておいたトランプの成績《せいせき》のメモを渡《わた》した。

「これがあなたの点《てん》です。あとで必要《ひつよう》になるかもしれませんから、覚《おぼ》えておいて下《くだ》さい」

「サービスが行《ゆ》き届《とど》いていますね。では、あとの半金《はんきん》をお払《はら》いします。万一《まんいち》の時《とき》には証人《しょうにん》となって下《くだ》さいよ」

「おっしゃる①までもありません。で、うまく成功《せいこう》なさいましたか。なにか手《て》がかりになるようなものを、残《のこ》してきたりはしなかったでしょうね」

「もちろん、指紋《しもん》ひとつ残《のこ》しません。完全《かんぜん》な計画《けいかく》を立《た》てたのですから。ゆうゆう忍《しの》びこんで、金庫《きんこ》をこじあけ、大金《たいきん》を手《て》に入《い》れました。おかげさまです」

「それは、おめでとうございます。しかし、そう②頭《あたま》をお下《さ》げになることもありません。これがわたしの営業《えいぎょう》なのですから。また、なにかなさる時《とき》には、ぜひご利用下《りようくだ》さい」

中 M氏向他介紹了兩名夥伴。接著，將事先記錄好的牌局成績交給了他。

「這是您的分數，日後說不定用得著，請您背一下。」

「服務得真周到。喏！這是尾款，萬一出事時，請當我的證人哦。」

「那當然。事情還順利嗎？沒有留下任何蛛絲馬跡吧？」

「嗯！沒留下半個指紋。由於事先訂下了完善的計畫，才能從容潛入，撬開保險庫，取得巨款。多虧了您幫忙。」

「恭喜您了。其實您不必向我道謝，這畢竟是我的工作呀。之後如果還有需要的話，請務必再度光顧。」

▲註釋

① **～までもない**：前加動詞辭書形，表示沒必要～。

② **頭《あたま》を下《さ》げる**：①鞠躬行禮。②表示感謝。③表示道歉。④表示佩服、敬佩。在此為②的意思。

エム氏《し》は男《おとこ》を送《おく》り出《だ》した。彼《かれ》は仲間《なかま》に分《わ》け前《まえ》を払《はら》い、朝《あさ》の一番電車《いちばんでんしゃ》で帰宅《きたく》する。

そして、アパートに帰《かえ》り、夕方《ゆうがた》までゆっくりと眠《ねむ》ればいいわけだ。しかし、その日《ひ》は眠《ねむ》る①どころではなかった。帰《かえ》ってみると、部屋《へや》のなかは荒《あ》らされ、金庫《きんこ》はこじあけられ、いままでもうけた大金《たいきん》が、すっかり盗《ぬす》まれてしまっていたのだから。

▲註釋

① **どころではない：**前加名詞、活用語終止形，表示不是……的時候。

中 M氏送走了男子。他將款項分給夥伴後，搭早上第一班車回家。

接著，他回到了公寓，原本只要好好地睡到傍晚就行了。然而，這天卻不是該睡覺的時候。因為當他一踏入房門時，便發現室內凌亂不堪，保險庫已被撬開，往日積攢的巨款全部被盜竊一空。

紙片《しへん》

紙片

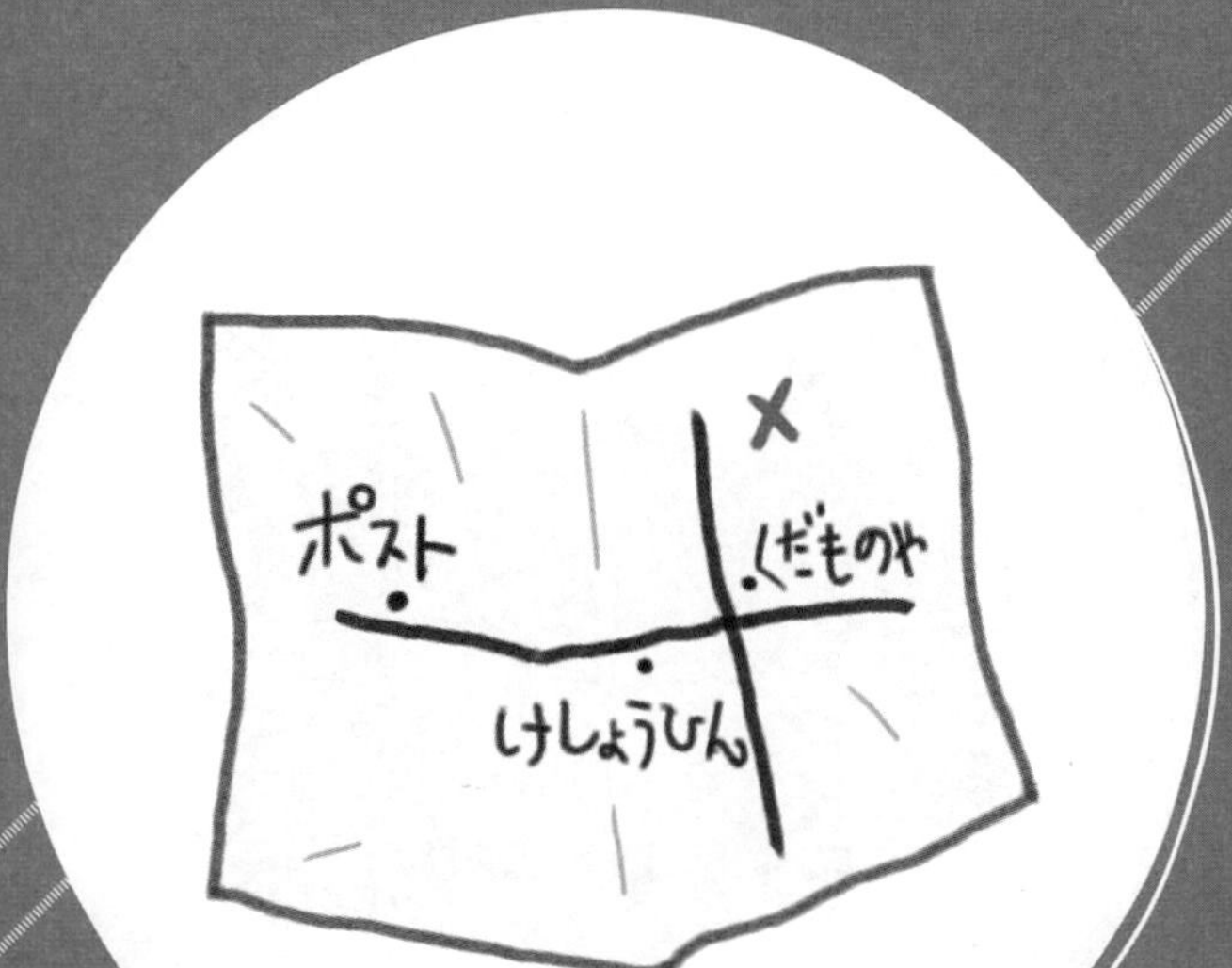

04

紙片《しへん》

あたりが薄暗《うすぐら》くなりかけた夕刻《ゆうこく》。人通《ひとどお》りの少《すく》ない道《みち》を歩《ある》いている男《おとこ》から、どことなく不審《ふしん》なけはいを①感《かん》じとった警官《けいかん》は、ちょっと声《こえ》をかけてみた。

「もしもし……」

すると、②ふりむいた男《おとこ》は、なぜか非常《ひじょう》にあわてた表情《ひょうじょう》でまっ青《さお》になり、③やにわに駆《か》けだした。

「怪《あや》しいやつだ。待《ま》て」

警官《けいかん》は追《お》いかけ、やがて男《おとこ》をつかまえた。男《おとこ》は身《み》を④もがきながら抗議《こうぎ》をした。

「なんです。わたしは、なにもしていないじゃありませんか。なぜ追《お》いかけたのです」

「おまえが不意《ふい》に逃《に》げ出《だ》したからだ。警官《けいかん》に呼《よ》びとめられて逃《に》げるのは、なにかわけがあるはずだ」

紙片

中 在夜幕漸漸低垂的傍晚時分。有名男子正走在行人稀少的路上，察覺其行動可疑的警察上前向他搭話：

「那個……。」

回過頭的男子不知為何神情非常慌張，他臉色發青，突然拔腿就跑。

「奇怪的傢伙。站住！」

警察隨後追趕，不久就逮住了那名男子。男子一邊掙扎一邊抗議著：

「幹什麼？我又沒做壞事，為什麼要追補我？」

「因為你突然拔腿就逃了！被警察打聲招呼就慌忙逃走的人絕對有問題。」

▲註釋

① **感《かん》じとる**：感受、了解到。

② **ふりむく**：【振り向く】①回頭、回顧。②理睬、感興趣。在此為①的意思。

③ **やにわに**：①冷不防、突然地。②當場、立刻（做某事）。在此為①的意思。

④ **もがく**：①掙扎。②著急。在此為①的意思。

「わけなんかありません。①追《お》いはぎかと思《おも》ったからですよ」

「ふりむかずに逃《に》げたなら、その②理屈《りくつ》も通用《つうよう》するだろう。だが、警官《けいかん》と知《し》って逃《に》げたではないか。③手間《てま》はとらせない。ちょっと署《しょ》まで寄《よ》ってほしい」

警官《けいかん》はぶつぶつ言《い》う男《おとこ》を、署《しょ》まで連《つ》れてきて質問《しつもん》をはじめた。男《おとこ》は住所《じゅうしょ》や氏名《しめい》などを答《こた》えた。

「なにもしていませんよ。わたしは善良《ぜんりょう》な市民《しみん》です」

「それなら、なぜあわてたのだ。うむ。さては、凶器《きょうき》かなにかを持《も》っているな。持《も》ち物《もの》を出《だ》してみろ」

「凶器《きょうき》など、持《も》ってはいませんよ」

男《おとこ》はポケットの品《しな》を机《つくえ》の上《うえ》に並《なら》べた。万年筆《まんねんひつ》、ハンケチ、タバコ、財布《さいふ》……。

「我才沒有什麼問題，我剛以為是遇上了攔路搶劫的強盜，所以才跑的。」

「若你頭也沒回就跑，那還說得通。但你剛剛是知道我是警察才跑的吧！不會花你太多時間，跟我到局裡一趟。」

　警察將嘮叨不休的男子帶回局裡，著手偵訊。男子報上了自己的姓名和住址。

「我什麼都沒做呀！我是個奉公守法的市民！」

「那剛才為什麼那麼慌張？嗯……，有沒有帶什麼凶器？把身上的東西全掏出來。」

「我沒帶凶器呀！」

男子將口袋內的東西——鋼筆、手帕、香煙、錢包……，全排放在桌上。

▲**註釋**

① **追《お》いはぎ**：攔路搶劫。

② **理屈《りくつ》**：①道理、倫理。②歪理、藉口。在此為②的意思。

③ **手《て》間《ま》**：處裡某事時需花費的時間或精力。也常出現慣用語：手《て》間《ま》を取《と》る。（費事。）／手《て》間《ま》を省《はぶ》く。（省事。）

とくに不審《ふしん》な物《もの》はなかった。しかし、警官《けいかん》は長年《ながねん》の経験《けいけん》から、この男《おとこ》が犯罪者特有《はんざいしゃとくゆう》のにおいを発散《はっさん》しているのに気《き》がついていた。警官《けいかん》は首《くび》をかしげ、①なにげなく財布《さいふ》をあけてみた。そこには一枚《いちまい》の紙片《しへん》が入《はい》っていた。ひろげてみると、街《まち》の一角《いっかく》の図《ず》らしいものが、下手《へた》な筆跡《ひっせき》で②記《しる》されてあった。ポスト、化粧品店《けしょうひんてん》、くだもの屋《や》などが書《か》かれ、どこにもありそうな街角《まちかど》だった。しかし、その並《なら》びの一軒《いっけん》に、意味《いみ》ありげな×印《じるし》がつけられてあった。

「おい、この図《ず》はなんだ」

示《しめ》されたとたん、男《おとこ》はまた③はっとした表情《ひょうじょう》になった。

「ええ、それは……。なんでもありませんよ」

④しどろもどろな口調《くちょう》は、さらに警官《けいかん》の疑惑《ぎわく》を⑤かきたてた。

「では、説明《せつめい》してくれ。これさえはっきりすれば、帰《かえ》ってもいい。どこの図《ず》で、なんのためのものだ」

中 並沒有特別可疑的物品。不過，警察基於長年的經驗，下意識覺得這名男子身上散發著罪犯特有的氣息。警察傾頭沉思，沒多想地打開錢包。錢包裡有一張紙片，打開一看，上面畫著看似街角的圖，並用潦草的筆跡，寫著「郵筒」、「化妝品店」、「水果店」等地點，是個隨處可見的街角。可是，其中某間房卻被打上了一個似乎帶有特別意義的X記號。

「喂！這是什麼圖？」

出示圖的瞬間，男子的表情再度緊繃起來。

「唔，這是……。沒什麼啦！」

期期艾艾的口吻更加引起警察的懷疑。

「請你說明一下，只要解釋清楚就放你回去。這圖畫的是哪裡？做什麼用的？」

▲**註釋**

① **なにげない：**①若無其事。②無意、無心。在此為②的意思。

② **記《しる》す：**①寫下、記錄。②深刻地記在腦裡。在此為①的意思。

③ **はっとする：**因為感動或驚訝而說不出話。

④ **しどろもどろ：**「しどろ」的強調用法，表示語無倫次、亂無章法。

⑤ **かきたてる：**【掻き立てる】①用力攪拌。②激起、引發某種情緒或行動。在此為②的意思。

「ええと、その……」

「答《こた》えてほしいね。女関係《おんなかんけい》かなにかで、ひとに言《い》えないことなら、われわれも決《けっ》して外部《がいぶ》にもらさない。協力《きょうりょく》してもらいたい」

「ええと……。忘《わす》れました」

「忘《わす》れるほど古《ふる》い物《もの》ではないじゃないか。また、健忘症《けんぼうしょう》とも思《おも》えない。どうしても言《い》えないのか」

「ええ、言《い》えません」

警官《けいかん》は①さじを投《な》げ、同僚《どうりょう》に相談《そうだん》してみた。すると、一人《ひとり》はこんなことを言《い》った。

「もしかしたら、殺《ころ》しか放火《ほうか》に関係《かんけい》があるのかもしれない。最悪《さいあく》の場合《ばあい》の想像《そうぞう》だがね。そんな目的《もくてき》の家《いえ》としたら、たとえ何日《なんにち》か留置《りゅうち》されても、言《い》わないにきまっている」

「そうかもしれない。わざと下手《へた》に書《か》いてあるのは、筆跡《ひっせき》を②ごまかすためだろう」

中

「唔，這……。」

「請回答，若是關於女性交往，或其他不便對人言明的事，我們絕對不會洩露出去，請你好好配合我們。」

「唔……，我忘了。」

「這張紙並沒有舊到會忘記的程度吧？而且，我看你也不像有健忘症，無論如何都不肯說嗎？」

「嗯！我不能說。」

警察無計可施，只好找同事研商。這時，一名同事說：

「從最壞的方面來推測，這或許和殺人、放火的勾當有關，如果這裡真的是從事這種勾當的據點，即使關上好幾天，他也不可能招供的。」

「有可能喔！刻意寫得那麼潦草，八成是想掩飾自己的筆跡。」

▲註釋

① **さじを投《な》げる**：束手無策、放棄。

② **ごまかす**：【誤魔化す】①蒙混、欺騙。②敷衍、搪塞。在此為①的意思。

「いずれにしろ、早《はや》く図《ず》の家《いえ》を①つきとめるべきだ。ぐずぐずしていると、つぎの②殺《ころ》し屋《や》が出動《しゅつどう》しないとも限《かぎ》らない。あるいは、時限爆弾《じげんばくだん》をしかけたあとだったら……」

その万一《まんいち》の事態《じたい》にそなえ、この地図《ちず》の地区《ちく》を発見《はっけん》するよう、ただちに各警察署《かくけいさつしょ》に指令《しれい》が出《だ》された。複写《ふくしゃ》が作《つく》られ、配《くば》られたのだ。

ポスト、くだもの屋《や》などのある街角《まちかど》は多《おお》い。だが、その図《ず》のような配置《はいち》となると、なかなか③指摘《してき》できなかった、どの警察《けいさつ》でも、④手《て》わけをして管内《かんない》の明細《めいさい》な地図《ちず》とひきくらべた。

しかし、やがてまったく一致《いっち》する街角《まちかど》がみつかった。警官《けいかん》たちは、その×印《じるし》の家《いえ》に急行《きゅうこう》した。到着《とうちゃく》してみると、その家《いえ》はふつうのお菓子屋《かしや》だった。

「ええと、この図《ず》に書《か》かれている家《いえ》は、おたくということになりますね」

警官《けいかん》は聞《き》き、店《みせ》の主人《しゅじん》はそれをのぞきこみながら首《くび》をかしげた。

中

「不管怎樣，必須趕快找到圖上標示的那戶人家，再這麼磨蹭下去，難保對方不會派出第二個殺手。又或許，這傢伙早已安裝了定時炸彈……。」

以防萬一，警方將紙片大量影印後，分送到各個分局，下令要找出圖上所畫的地區。

設有郵筒、水果店的街角很普遍。但配置和圖如出一轍的街角，卻都尋遍不著，每位警察皆分頭拿出自己轄區的明細地圖加以比對。

不過，最後終於找到了與紙片完全相符的街角。警察們火速趕往畫有X記號的那戶人家。一到現場，才發現那不過是間普通的糖果店罷了。

「請問，這圖上所畫的房子，是府上沒錯吧！」

警察詢問後，店老闆一邊仔細瞧，一邊歪起頭來。

▲註釋

① **つきとめる：**【突き止める】①追根究柢、查明真相。②刺殺。在此為①的意思。

② **殺《ころ》し屋《や》：**殺手。

③ **指摘《してき》する：**指出（重點或過失）。

④ **手《て》わけをする：**【手分けをする】分工、分頭。

「そのようですね。しかし、この図《ず》はなんなのですか」

「不審《ふしん》な男《おとこ》が持《も》っていて、どうしても答《こた》えないのです。なにか、ひとに①うらまれるような心当《こころあた》りは、ありませんか」

「ありませんね。一度《いちど》ぐらいは、うらまれてみたいくらいですよ」

店《みせ》の主人《しゅじん》はふしぎそうな顔《かお》をした。また、警官《けいかん》もこれ以上《いじょう》、どう②手《て》をつけたものかわからなかった。

その時《とき》、一人《ひとり》の子供《こども》が店《みせ》に入《はい》ってきて言《い》った。

「アイスクリーム、ちょうだい」

だが、主人《しゅじん》と警官《けいかん》が③むかいあったまま黙《だま》っているので、男《おとこ》の子《こ》は、

「④おまわりさん、どうしたの」と、のぞきこんできた。そして「あ、ぼくの書《か》いた地《ち》図《ず》だ」

中

「好像是的。不過，這是什麼圖呀？」

「一位形跡可疑的男子把這張圖帶在身上，他始終不肯說明圖的用意。請你仔細想看看，是否曾和什麼人結過怨？」

「沒有呀。我甚至還想嘗一次被人恨的滋味呢！」

店老闆一臉迷惘，而警察也不曉得該怎麼處理才好。

這時，一個孩子跑進店裡，說道：

「請給我冰淇淋。」

但店老闆和警察正默然相對，於是小男孩說：

「警察先生，怎麼了嗎？」一面探頭過去，接著喊道：「啊！這是我畫的地圖嘛！」

▲註釋

① うらむ：【恨む】憎恨。

② 手《て》をつける：著手、開始。

③ むかいあう：【向かい合う】面對面。

④ おまわりさん：【お巡りさん】對巡警、警察的暱稱。

「え、坊《ぼう》やが書《か》いたんだって。なんのために書《か》いたんだい」

「お父《とう》さんに、アイスクリームを帰《かえ》りに買《か》ってきてちょうだいって、けさ書《か》いて渡《わた》したんだ。だけど、買《か》ってこなかったので、ぼくが買《か》いにきたんだよ」

「なんだ、そうだったのか」

色《いろ》めきたっていた警察関係者《けいさつかんけいしゃ》は、意外《いがい》なことに、①いささか②がっかりした。しかし、③スリを一人《ひとり》つかまえることができたのが、せめてものなぐさめだった。

中

「咦！小弟弟畫的？你畫這做什麼？」

「今天早上畫給爸爸的，要他回家時幫我買冰淇淋，但他沒幫我買回來，所以我就自己來買了。」

「什麼啊！原來是這麼回事。」

原本神色緊張的警方們，被這意外的結果弄得有些失望。但最終還是抓到了一個扒手，也算是個慰藉。

▲註釋

① **いささか：**【些か】有點、稍微。

② **がっかりする：**失望。

③ **スリ：**扒手。

夢《ゆめ》と対策《たいさく》

夢與對策

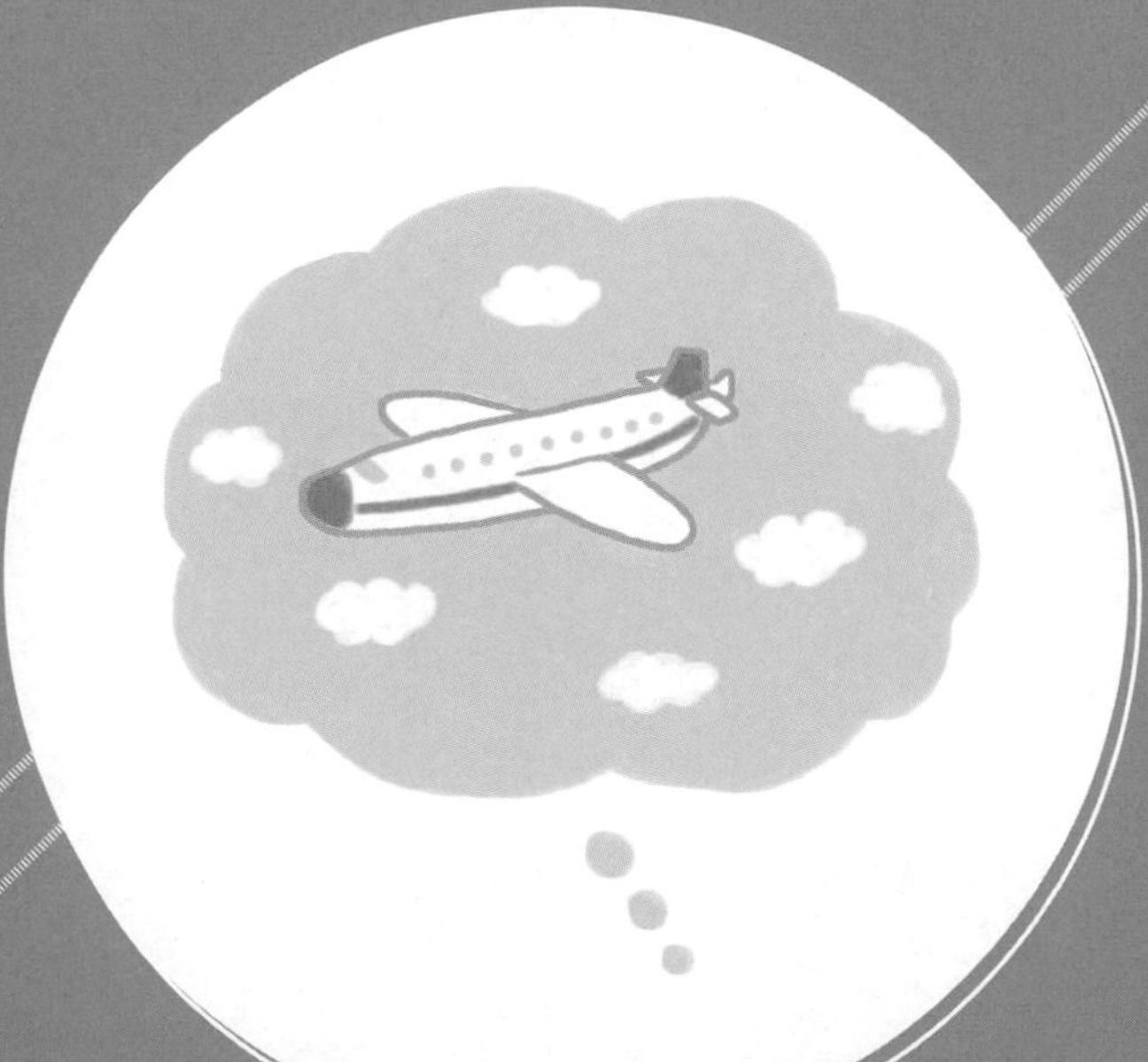

05

夢《ゆめ》と対策《たいさく》

目《め》をさましたエヌ氏《し》は、大《おお》きなため息《いき》をついた。心臓《しんぞう》の①鼓動《こどう》は他《ほか》の内臓《ないぞう》をも揺《ゆ》らせるほど激《はげ》しく、肌《はだ》には②びっしょりと汗《あせ》が③まとわりついている。だが、慢性《まんせい》の病気《びょうき》による症状《しょうじょう》ではない。すべては夢《ゆめ》のせいだった。

その夢《ゆめ》には飛行機《ひこうき》がでてきた。晴《は》れた空《そら》を快調《かいちょう》に飛《と》びつづけているのだが、とつぜんエンジンの音《おと》が不規則《ふきそく》になり、火《ひ》を噴《ふ》きはじめる。機体《きたい》は大《おお》きく揺《ゆ》れ、狂《くる》ったように身《み》を④よじり、⑤手《て》のほどこしようもなく墜落《ついらく》に移《うつ》るのだ。その時《とき》、なにげなくカレンダーつきの腕時計《うでとけい》に目《め》をやると、十三日《じゅうさんにち》の金曜日《きんようび》、針《はり》は三時《さんじ》をさしている。日中《にっちゅう》だから午後《ご》の三時《さんじ》だろう。これだけの夢《ゆめ》なのだ。

とくにさわぐほどのことはないともいえる。しかし、エヌ氏《し》はしばらく前《まえ》から、くりかえして何度《なんど》もこの夢《ゆめ》を見《み》ているのだ。そして、きょうがその十三日《じゅうさんにち》の金曜日《きんようび》。不吉《ふきつ》な気分《きぶん》に⑥おののくのも当然《とうぜん》だろう。

夢與對策

睜開雙眼的N氏深深嘆了一口氣。他的心臟激烈地跳動，彷彿其他內臟也隨之震撼似的，肌膚則濕漉漉地布滿汗珠。但這並非慢性疾病所致，全是一場夢造成的。

夢裡，出現了一架飛機。飛機翱翔於蔚藍的晴空之中，但突然間，引擎發出不規則的聲響，並開始噴出火焰。機身劇烈搖晃，瘋狂地旋轉，無計可施之下朝著地面墜落。這一瞬間，N氏不經意地瞄了一眼手上的日曆錶，上面顯示著十三號星期五，指針則停在三點上面。外頭晴空如洗，推測應是下午三點。

雖然不是件值得大驚小怪的事，但許多天來，N氏卻不斷反覆地夢見這場夢。而今天又正好是十三號星期五。難怪他會被這股不祥的感覺弄得心驚膽跳。

▲註釋

① **鼓動《こどう》：**①心跳。②震動。在此為①意思。

② **びっしょり：**形容濕透的樣子。

③ **まとわりつく：**【纏わり付く】①纏繞、黏著。②糾纏、離不開。在此為①的意思。

④ **よじる：**扭動、擰。

⑤ **手《て》のほどこしようがない：**【手の施しようがない】無計可施。

⑥ **おののく：**【慄く】因恐懼、寒冷、興奮而顫抖。

窓《まど》のそとは、夢《ゆめ》と同《おな》じく晴《は》れた空《そら》だ。エヌ氏《し》はベッドに起《お》きあがり、頭《あたま》に手《て》を当《あ》ててしばらく考《かんが》えた。きょうは出勤《しゅっきん》しないほうがいいのではないだろうか、と。よくない前兆《ぜんちょう》であることはたしかだ。たび重《かさ》なる運命《うんめい》の警告《けいこく》を無視《むし》し、①危機《きき》に直面《ちょくめん》してから後悔《こうかい》しても手《て》おくれだ。そのような記事《きじ》をなにかで読《よ》んだことがある。

だが、こうも考《かんが》えてみるのだった。ばかばかしい、②たかが夢《ゆめ》ではないか。夢《ゆめ》を無視《むし》して行動《こうどう》し、なんともなかった人《ひと》は無数《むすう》にあるはずだ。こんな習慣《しゅうかん》が③身《み》についてしまったら、④ろくなことはない。ますます夢《ゆめ》を気《き》にするようになるだろう。それにつれ、夢《ゆめ》を見《み》る回数《かいすう》もふえ、夢《ゆめ》に関《かん》する記憶《きおく》もはっきりとなるだろう。そして、ついには一歩《いっぽ》も外出《がいしゅつ》できなくなってしまうかもしれない。

あれこれ迷《まよ》ったあげく、エヌ氏《し》は出勤《しゅっきん》することにした。家《いえ》にいて悩《なや》んでいては、かえって頭《あたま》が疲《つか》れるばかりだ。それに、きょう飛行機《ひこうき》に乗《の》るような予定《よてい》もない。会社《かいしゃ》に出《で》かけ、席《せき》についたエヌ氏《し》を見《み》て、同僚《どうりょう》が声《こえ》をかけた。

中 窗外，是和夢境相同的燦爛晴空。N氏從床上爬起來，手扶著額，考慮了半晌——今天是否別去上班比較好？畢竟，確實是出現了不好的前兆。他曾讀過這種報導：若無視命運再三的警示，等到遭遇危機才後悔也已經太遲了。

然而，他也曾覺得，這實在太蠢，不過就是場夢罷了。無視夢裡的警示，依舊我行我素，且安然無事的人肯定不勝枚舉。如果養成信以為真的習慣，可不是件好事。恐怕往後會愈來愈將夢境當成一回事。這麼一來，做夢的次數可能會增多，對夢的記憶也會愈加深刻清晰吧。搞不好到最後會變得不敢踏出家門一步呢！

思慮再三，N氏最後決定到公司上班。一直待在家煩惱，也只是更傷神而已。況且，今天也沒有搭飛機的行程。N氏來到公司，同事見他坐定後，向他打招呼道：

▲註釋

① **危機《きき》に直面《ちょくめん》する**：面臨危機。

② **たかが**：不過是……罷了。

③ **身《み》につく**：養成、學會某些習慣或技能。

④ **ろく**：表示正經、滿意、像樣，後續常接否定詞語。例：ろくな所《ところ》ではない。（不是什麼好地方。）

「どうしたのか。なんとなく元気《げんき》と落《お》ち着《つ》きがないぞ」

「なんでもない。ちょっとした寝不足《ねぶそく》だよ」

と、エヌ氏《し》は①口《くち》を濁《にご》した。くわしく説明《せつめい》してみたところで、どうなるわけでもない。笑《わら》い話《ばなし》にされるのが②おちだ。③学《がく》のあるやつが④耳《みみ》にはさみ、性的《せいてき》にどうのこうのとという結末《けつまつ》になるにきまっている。

もっとも、なかには⑤予兆《よちょう》という現象《げんしょう》を信《しん》じている者《もの》もいるかもしれない。しかし、その⑥連中《れんちゅう》だって、自分《じぶん》の感《かん》じた予兆《よちょう》なら信《しん》じるが、他人《たにん》のとなると、それほど⑦関心《かんしん》は示《しめ》さないものだ。いずれにせよ、話《はな》すことは無意味《むいみ》にちがいない。

昼《ひる》ちかくになって、エヌ氏《し》は上役《うわやく》に呼《よ》ばれた。

「なんでしょうか」

と彼《かれ》が聞《き》くと、上役《うわやく》は事務的《じむてき》な口調《くちょう》で言《い》った。

中

「怎麼了？看起來既沒精神又心神不定的。」

「沒什麼，有點沒睡飽。」

N氏隨口回應。就算仔細説明煩惱，也無濟於事。只會淪為別人的笑柄罷了。何況要是傳到那些愛賣弄學識之人的耳裡，他們一定會牽扯到性方面的話題去。

當然，或許會有人相信「預兆」這種現象，不過這些人通常也只相信自己感受到的預兆，而別人的感受，就一點也不感興趣。總之，談論夢境肯定是無意義之舉。

接近晌午，N氏被上司喚去。

「有何吩咐？」

N氏詢問後，上司便以公式化的口吻説道：

▲註釋

① **口《くち》を濁《にご》す**：支吾其詞，為慣用語表現。同「言葉《ことば》を濁《にご》す。」

② **おち**：【落ち】①掉落。②遺漏。③結果。④表示品質低劣。在此為③的意思。

③ **学《がく》のある**：有教養、有學識。

④ **耳《みみ》にはさむ**：【耳に挟む】聽聞、聽説。

⑤ **予兆《よちょう》**：預兆。

⑥ **連中《れんちゅう》**：同夥、一群人。

⑦ **関心《かんしん》**：感興趣、關心。

「じつは支店《してん》に急用《きゅうよう》ができ、わたしは出張《しゅっちょう》しなければならなくなった、どうだろう、いっしょに来《き》てくれないか」

「けっこうです。出発《しゅっぱつ》はいつでしょうか」

「これからすぐにだ。飛行機《ひこうき》だから、時間《じかん》はかからない。そのつもりなら、今夜《こんや》までに帰《かえ》ってくることもできる。切符《きっぷ》は手配《てはい》してある」

「どうも、それは……」

と①口走《くちばし》りながら、エヌ氏《し》が青《あお》ざめた。このことだったのだ。予定《よてい》がないからと安心《あんしん》していたが、やはり運命《うんめい》は②待《ま》ちかまえていたようだ。もはや、逃《に》げられないのだろうか。

そのようすを見《み》て、上役《うわやく》は聞《き》いた。

「③気《き》が進《すす》まないようだが、つごうが悪《わる》いのか」

「是這樣的，分公司臨時有急事，我必須出差一趟，你能跟我一起去嗎？」

「好的，何時出發？」

「待會馬上就走。搭飛機過去，所以不會花太多時間，這樣的話今晚之前就能回來。機票我已經叫人準備了。」

「哦！那……。」

N氏脫口說著，臉色也轉為蒼白。原來是指這件事嗎？原以為今天不必搭飛機，所以才放下心的，看來命運果真在等著他。難道無法逃脫了嗎？上司見狀，問道：

「你好像不太感興趣，不太方便嗎？」

▲註釋

① **口走《くちばし》る**：①不小心說溜嘴。②得意忘形亂說話。在此為①的意思。

② **待《ま》ちかまえる**：預先做好準備，等待……。

③ **気《き》が進《すす》まない**：沒有幹勁。

「悪《わる》くはありませんが、飛行機《ひこうき》に乗《の》るというのが……」

「①飛行機《ひこうき》ぎらいというわけでもないだろう。このあいだまでは平気《へいき》だったではないか。まさか、テレビドラマでも見《み》て、不意《ふい》に飛行機恐怖症《ひこうききょうふしょう》になったのではないだろうな。現代人《げんだいじん》らしく、冷静《れいせい》に考《かんが》えてくれ」

「はあ……」

「現代《げんだい》②において、旅客機《りょかくき》ぐらい安全《あんぜん》な乗《の》り物《もの》はない。操縦士《そうじゅうし》は熟練者《じゅくれんしゃ》を選《えら》んであり、統計的《とうけいてき》にみても最《もっと》も事故《じこ》が少《すく》ない。このあいだ、こんな③小話《こばなし》を読《よ》んだ。ヨーロッパに住《す》んでいる両親《りょうしん》が、アメリカにいる息子《むすこ》に会《あ》いに行《い》くことになった。飛行機《ひこうき》をこわがる父《ちち》に、母《はは》がこう言《い》う。大丈夫《だいじょうぶ》よ、いままで何度《なんど》となく航空便《こうくうびん》を出《だ》したが、着《つ》かなかったことは一回《いっかい》もないじゃないの、と」

中

「不，不是，只不過搭飛機……。」

「你該不會是不敢搭飛機吧！之前不是都沒事嗎？難不成看了電視劇後，突然患上了飛機恐懼症吧？像個現代人，冷靜地想想吧！」

「是……。」

「現在這種年代，再也沒有比客航機更安全的交通工具了。那些駕駛員都是從技巧熟練者中選出的好手，而且就統計來看，它的意外事故比例最低。前不久我讀過一則趣聞，說是居住在歐洲的一對夫婦，要到美國探望兒子。那位母親對不敢搭飛機的父親說：『放心啦！以前我們寄過那麼多次航空信，從來都沒有寄丟過呀！』」

▲註釋

① **飛行機《ひこうき》ぎらい：**【飛行機嫌い】飛機恐懼症。

② **~において：**①表示動作發生的時間或場所。在~地點、在~的時候。②與~有關、在~的方面。在此為①的意思。

③ **小話《こばなし》：**小品、小趣談。

上役《うわやく》は①気《き》を引《ひ》きたたせようとしたが、エヌ氏《し》は②ぼそぼそと言《い》った。

「その点《てん》はよくわかっているのですが……」

やはり、夢《ゆめ》のお告《つ》げの話《はなし》は切《き》り出《だ》せなかった。それを主張《しゅちょう》して断《こと》わったら、くびにされないとも限《かぎ》らない。夢《ゆめ》を③口実《こうじつ》とする④わがままが通用《つうよう》しはじめたら、会社《かいしゃ》としても⑤統制《とうせい》がとれなくなってしまうだろう。エヌ氏《し》は無意識《むいしき》のうちにハンケチを出《だ》し、ひたいの汗《あせ》をふいた。上《うわ》役《やく》はうなずきながら言《い》った。

「ああ、気分《きぶん》が悪《わる》いのだな。からだが不調《ふちょう》だと、気圧《きあつ》の変化《へんか》や揺《ゆ》れでひどくなることがある。それなら、無理《むり》しないほうがいい。ほかの社員《しゃいん》を連《つ》れて行《い》くから」

「はあ……」

中

上司試著替他打氣，但N氏卻低聲說道：

「這我當然知道，但是……。」

關於夢中的徵兆，他實在說不出口。要是以此為由拒絕出差，說不定會被炒魷魚。況且公司要是開始認同這種拿夢境當理由的任性行為，那公司的制度將會開始瓦解吧。N氏不自覺地抽出手帕，擦拭額頭上的汗水。上司見狀，點點頭說：

「哦！原來是身體不舒服呀。身體不適的話，可能會因為氣壓變化和搖晃變得更難受。既然如此，就別勉強了，我會帶別人去的。」

「是……。」

▲註釋

① **気《き》を引《ひ》きたてる：**鼓勵、打氣。

② **ぼそぼそ：**①輕聲低語。②形容食物乾乾的。在此為①的意思。

③ **口実《こうじつ》：**藉口。

④ **わがまま：**任性、任意。

⑤ **統制《とうせい》がとれない：**表示團體或組織缺乏統一性、不團結。

ほっとしたものの、エヌ氏《し》の心《こころ》には①わだかまりが残《のこ》っていた。これで自分《じぶん》は助《たす》かる。しかし、上役《うわやく》は飛行機《ひこうき》に乗《の》りこむのだ。この出張《しゅっちょう》を中止《ちゅうし》か延期《えんき》させるよう、②努《つと》めるべきではないだろうか。危険《きけん》が迫《せま》りつつあるというのに、黙《だま》って見《み》すごすのは③気《き》がとがめる。

だが、口《くち》には出《だ》しにくかった。必死《ひっし》にとめるのも変《へん》だ。信用《しんよう》してくれないだろうし、④いやがらせととられるかもしれない。また、なにごとも起《お》こらなかった場合《ばあい》、責任《せきにん》を問《と》われるにきまっている。問《と》われないまでも、頭《あたま》のおかしい人《ひと》さわがせなやつだとの焼《や》き印《いん》を押《お》されてしまうのだ。

⑤もじもじしているエヌ氏《し》に、上役《うわやく》は同情《どうじょう》の言葉《ことば》をかけた。

「気分《きぶん》が⑥すぐれないのなら、きょうは早退《そうたい》して家《いえ》で休養《きゅうよう》したほうがいい」

「そういたしましょう」

中 N氏鬆了一口氣，可是心中卻不免留下了疙瘩。自己雖然能因此逃過一劫，但上司卻還是會搭上那班飛機。自己是否該努力試著阻止他、或勸他延期呢？明知危機當頭，卻置若罔聞，實在過意不去。

但他實在難以啟齒，拚命阻止也很怪。上司說不定不會相信自己，而且還可能會被認為是來找碴的。再說，要是什麼事都沒發生，他肯定會被責難。就算不追究，也會被視為神經病，或是杞人憂天的傢伙。

見N氏坐立不安，上司滿懷同情地說：

「如果不舒服，今天就早點回去休息吧！」

「好，我會這麼做的！」

▲**註釋**

① **わだかまり：【蟠り】**①心中的疙瘩。②心中的邪念。在此為①的意思。

② **努《つと》める：**①努力去做某事。②勉強去做某事。在此為①的意思。

③ **気《き》がとがめる：**感到愧疚。

④ **いやがらせ：【嫌がらせ】**騷擾、刻意做（說）出令人厭惡的言行。

⑤ **もじもじする：**坐立難安、扭捏。

⑥ **すぐれる：【優れる】**①（能力、外表）優秀卓越。②（身體、天氣）好、爽朗，多以否定形式使用。例：体調《たいちょう》が優《すぐ》れない。（身體不適。）在此為②的意思。

エヌ氏《し》はそれに①従《したが》うことにした。平然《へいぜん》と執務《しつむ》していたら、なんで旅行《りょこう》を②しりごみしたのかと疑《うたが》われてしまう。

エヌ氏《し》は自宅《じたく》へと帰《かえ》った。だが、することもない。彼《かれ》はグラスに酒《さけ》をつぎ、それを飲《の》みながら雑誌《ざっし》を開《ひら》いた。ほかに時間《じかん》のつぶしようもない。

そして、なにげなく時計《とけい》を見《み》た。午後《ごご》の三時《さんじ》。魔《ま》の時刻《じこく》もなにごともなく終《おわ》ろうとしている。

「これでいいのだ。飛行機《ひこうき》というものに乗《の》りさえしなければ、問題《もんだい》のおこりようがないのだから……」

笑《わら》いながらこうつぶやき、無事《ぶじ》を祝《いわ》おうとグラスを口《くち》に近《ちか》づけかけた。その時《とき》、エヌ氏《し》は不規則《ふきそく》なエンジンの響《ひび》きを耳《みみ》にした。はっと思《おも》ったが、もはやなにもかも手《て》おくれだった。上空《じょうくう》で不測《ふそく》の事故《じこ》をおこし墜落《ついらく》しはじめた軍用機《ぐんようき》が、エヌ氏《し》の家《いえ》にむかって③まっさかさまに……。

中 N氏決定聽從上司的勸告。要是若無其事地上班，恐怕會被質疑為什麼會對旅行如此退避三舍。

N氏回到了家裡。但他卻沒事可做。他斟了一杯酒，邊飲邊翻開雜誌，藉以打發時間。

接著，他不經意地瞄了一眼手錶，正是午後三點。看來命定的時刻終於要平安無事地度過了。

「這樣就沒事了。只要不搭飛機的話，就不會有問題的……。」

N氏自言自語地笑著，然後舉起酒杯恭祝自己平安無事。而就在這時，耳邊傳來不規則的引擎聲。N氏大驚失色，不過一切都為時已晚。天空中，一架失事的軍機，正朝N氏的住處俯衝而下……。

▲註釋

① **從《したが》う**：①跟隨在後。②服從、聽從。③依照、順應。④隨著、伴隨。⑤沿著、順著。⑥仿效。在此為②的意思。

② **しりごみする**：【尻込みする】①往後退。②猶豫、害怕。在此為②的意思。

③ **まっさかさま**：【真っ逆さま】頭朝下。

教訓《きょうくん》、信《しん》じるなら信《しん》じるで徹底的《てっていてき》に、ビルの地下室《ちかしつ》にでも①たてこもるべきだ。信《しん》じないなら信《しん》じないで、②笑《わら》いとばして旅客機《りょかくき》に乗《の》ればいい。③躊躇逡巡《ちゅうちょしゅんじゅん》④中途半端《ちゅうとはんぱ》は最悪《さいあく》の道《みち》。

中 教訓：若要相信，就須堅信到底，應躲藏於大廈的地下室等場所。若不相信，就該堅持理念，對夢境一笑置之，並搭上客航機。猶豫不決、不貫徹信念是最糟糕的選擇。

▲註釋

① **たてこもる**：【立て籠もる】①閉門不出。②堅守。在此為①的意思。

② **笑《わら》いとばす**：【笑い飛ばす】一笑置之。

③ **躊躇逡巡《ちゅうちょしゅんじゅん》**：猶豫再三。

④ **中途半端《ちゅうとはんぱ》**：半途而廢、不乾不脆。

雪《ゆき》の夜《よる》

雪夜

06

雪《ゆき》の夜《よる》

夜《よ》ふけ。この①古《ふる》めかしい家《いえ》は②わりあいに広《ひろ》く、しかも大通《おおどお》りからはなれているので、なかには冬《ふゆ》の静《しず》かさがただよっていた。

しかし、そのなかの一室《いっしつ》の片《かた》すみ、暖炉《だんろ》のなかでは暖《あたた》かく、赤《あか》い炎《ほのお》が忙《いそが》しげに動《うご》きまわっている。

「なあ。そとでは、雪《ゆき》が降《ふ》っているのではないだろうか」

椅子《いす》にかけ、火《ひ》に手《て》を③かざしながら、年《とし》とった男《おとこ》がつぶやくように言《い》った。その声《こえ》は、赤《あか》い火《ひ》に浮《う》き出《だ》させられている顔《かお》と同《おな》じように、④しわの多《おお》い響《ひび》きをおびていた。

「ええ、そうかもしれませんわ。妙《みょう》に静《しず》かで……」

と、やはり並《なら》んで椅子《いす》にかけている、彼《かれ》の妻《つま》が答《こた》えた。彼女《かのじょ》もしわの多《おお》い手《て》を、火《ひ》にかざしていた。

雪夜

中 深夜時分。這間老舊的房屋特別寬敞，而且距離大馬路又遠，因此室內飄盪著冬日的安詳寂靜。

不過，在屋內一隅的暖爐中，溫暖且通紅的火焰正忙亂地舞動著。

「嘿！外面好像下雪了呢！」

坐在椅子上，將手伸到暖爐旁取暖的年邁男子低語道。他的聲音，和那張被赤紅火焰照亮的臉龐一般，滿是皺褶似地沙啞。

「嗯，好像是喔！總覺得格外地安靜……」

一直與他並排坐在椅子上的妻子回答著。她也將滿是皺紋的手伸在火上烤著。

▲**註釋**

① **古《ふる》めかしい**：古老的。

② **わりあいに**：【割合に】比較；現實的程度與預想的還要～。例：若《わか》い割合《わりあい》に礼儀《れいぎ》正《ただ》しい。（年紀雖輕卻很有禮貌。）

③ **かざす**：【翳す】①舉起、揮起。②遮光。③罩上、把手伸在～上。在此為③的意思。

④ **しわ**：【皺】皺摺、皺紋。

「こんなに静《しず》かな夜《よる》だと、あの子《こ》の勉強《べんきょう》も、①はかどるだろうな」

老人《ろうじん》は、顔《かお》を②心持《こころも》ち上《うえ》にむけた。

「そろそろ疲《つか》れたころでしょう。暖《あたた》かい紅茶《こうちゃ》でもいれて、二階《にかい》に運《はこ》んでやりましょうか。あまり③熱中《ねっちゅう》して勉強《べんきょう》をつづけるのも、よくないのでは……」

「いや、④よけいな⑤邪魔《じゃま》をしないほうが、いいんではないかな。わしもさっきから、学生《がくせい》だったころのことを思《おも》い出《だ》していた。あれこれ親《おや》が気《き》を使《つか》うと、責任《せきにん》を感《かん》じすぎて、かえって勉強《べんきょう》に身《み》がはいらなくなる。あの子《こ》も一段落《いちだんらく》し、なにか飲《の》みたくなったら、ここにおりてくるだろう、その時《とき》に、⑥いたわってやったほうがいい」

「そういうものかも、知《し》れませんね。あたしもさっきから、卒業試験《そつぎょうしけん》で苦《くる》しんだことを考《かんが》えていました。雪《ゆき》の夜《よる》というものは、むかしを思《おも》い出《だ》させる力《ちから》を持《も》っているのでしょうか。あの子《こ》も、ぶじに卒業試験《そつぎょうしけん》を終《お》えてくれるといいのですが……」

中「在這麼寧靜的夜晚，那孩子念書的效率肯定更好了吧！」

老人稍微抬頭望向樓上。

「他應該累了吧！要不要沖杯熱紅茶端到樓上給他呢？一直太專注在書本上也不太好……。」

「不，還是不要去打擾他。我剛才想起了學生時代的事，要是讓父母太過操心，孩子會覺得負擔太重，反而無法專心讀書。那孩子讀到一個段落，想喝什麼就會自己會下樓來，到時候你再慰勞他也不遲。」

「說得也有道理，還真沒想到。我剛剛也在想著畢業考時受的苦，下雪的夜晚，好像有股魔力，能讓人勾起往日的回憶呢！希望那孩子能順利地通過畢業考……。」

▲註釋

① **はかどる：**【捗る】進展順利。

② **心《こころ》持《も》ち：**當名詞時表示①氣質、品行。②心情、心境。當副詞時表示③稍微、些許。在此為③的意思。

③ **熱中《ねっちゅう》する：**熱衷、入迷。

④ **よけい：**【余計】表示超出一般、必要的程度。

⑤ **邪魔《じゃま》をする：**妨礙、打擾。

⑥ **いたわる：**①體恤、關懷。②慰勞、犒賞。③保養、養生。④勞苦。⑤生病。在此為②的意思。

暖炉《だんろ》の炎《ほのお》は時《とき》どきぱちぱち軽《かる》い音《おと》をたて、老《お》いた夫婦《ふうふ》の会話《かいわ》の①切《き》れ目《め》を埋《う》めた。

「ああ。若《わか》いころというものは、なにもかも苦《くる》しいことばかりだが、われわれのように年《とし》をとると、すべてが明《あか》るく楽《たの》しい思《おも》い出《で》に変《かわ》ってくる。双眼鏡《そうがんきょう》をさかさまにのぞいた時《とき》の景色《けしき》のように、遠《とお》く、美《うつく》しく、充実《じゅうじつ》している。恋愛《れんあい》でさえ、苦《くる》しさのひとつだった。恋《こい》を楽《たの》しいといえるのは、年《とし》とってふりかえってみた時《とき》の言葉《ことば》だろうな」

「そのお話《はなし》の恋《こい》とは、どなたに対《たい》しての恋《こい》なのです」

彼女《かのじょ》は笑《わら》いながら、②からかうような口調《くちょう》で言《い》った。

「もちろん、おまえのことさ。あのころは、まったく夢《ゆめ》のように過《す》ぎてしまったな。われわれは結婚《けっこん》し、そして、あの子《こ》がうまれた」

男《おとこ》はまた、ちょっと二階《にかい》のほうを見《み》あげた。

中 暖爐的火焰不時響起嗶嗶剝剝的爆裂聲，填補了老夫婦談話間的沉默。

「是呀！所謂的青春呀，無論什麼事都會感到苦悶，不過一旦到了我們這把年紀後，一切都轉變為明朗、快樂的回憶了。就像反拿著望遠鏡看風景一樣，遙遠、美麗，又顯得充實。就連戀愛，也是痛苦的來源之一呢！唯有上了年紀，回顧從前，才說得出『戀愛是件快樂的事』這種話！」

「你說的戀愛，是指跟誰的戀愛呀？」

妻子笑著用開玩笑的口吻問。

「當然是跟你囉！那段過往宛如一場夢呢。我們結了婚，又生下了那孩子。」

男人又將目光移向二樓。

註釋

① **切《き》れ目《め》：**①裂縫、縫隙。②中斷、間斷。③段落。④盡頭、結束。在此為②的意思。

② **からかう：**戲弄、嘲笑。

「ええ、子供《こども》をひとり育《そだ》てるのも、決《けっ》して簡単《かんたん》なことではありませんでしたね。あの子《こ》も小《ちい》さなころは、あたしたちに、ずいぶん①手《て》を焼《や》かせました」

火《ひ》がひとしきり勢《いきお》いよく②はぜ、白《しろ》い灰《はい》が音《おと》もなく崩《くず》れた。

その時《とき》、すべての静《しず》かさを破《やぶ》って、玄関《げんかん》のほうでベルの音《おと》がした。二人《ふたり》は首《くび》をかしげながら、顔《かお》を見《み》あわせた。

「だれかが来《き》たようだな」

「あの子《こ》の、友《とも》だちのひとりでは……」

「まさか。こんなに夜《よる》おそくたずねてくる友《とも》だちは、ないはずだ。どれ、わしが出《で》てみよう」

老人《ろうじん》はゆっくりと③腰《こし》をのばし、スリッパの音《おと》を④たどたどしく立《た》てながら、玄関《げんかん》にむかった。老人《ろうじん》は鍵《かぎ》をはずし、ドアを引《ひ》いた。寒《さむ》い風《かぜ》が、雪《ゆき》を含《ふく》んで流《なが》れこんできた。

中 「是啊！要養育一個孩子，真不簡單！那孩子小時候可讓我們吃了不少苦頭呢！」

火勢持續猛烈地爆發，白色的灰燼無聲無息地崩塌。

此時，大門鈴聲劃破了一切的寂靜。兩人疑惑地歪著頭，互相看了一眼。

「好像有人來了呢。」

「會不會是那孩子的朋友……？」

「不會吧！他的朋友應該不會那麼晚還跑來找他吧！到底是誰呢？我出去看看。」

老人緩緩地站起身來，踩著拖鞋，拖著蹣跚的腳步聲，一面朝大門走去。他解開鎖，打開大門。冷冽的風挾著雪花捲進了室內。

▲註釋

① **手《て》を焼《や》く：**棘手、難以應付，為慣用語表現。

② **はぜる：**【爆ぜる】爆裂、炸裂。

③ **腰《こし》をのばす：**①伸展腰間。②休息。在此為①的意思，並引申為站起身的意思。

④ **たどたどしい：**①由於不熟練或退化的關係，令其行為舉止不流暢、不穩定。例：たどたどしい英語《えいご》（破英文）②形容周遭霧濛濛的樣子。③形容聲音非常地微弱。在此為①的意思。

「どなたさまでしょう」

「だれでもいい。おとなしくして、声《こえ》をたてるなよ」

こう言《い》いながら、見知《みし》らぬ男《おとこ》はよごれた①オーバーのポケットから、刃物《はもの》のようなものを出《だ》した。

「そんな乱暴《らんぼう》なことは……」

「さあ、おとなしく案内《あんない》するんだ」

男《おとこ》にこづかれ、老人《ろうじん》は仕方《しかた》なく歩《ある》き、暖炉《だんろ》のある部屋《へや》に戻《もど》らされた。それを迎《むか》えた妻《つま》は、立《た》ちあがりながら言《い》った。

「どなたなの。やはり息子《むすこ》のお友《とも》だちでしょうか」

「おあいにくだ。おれは、金《かね》をいただきにきたのだ。金目《かねめ》のものさえもらえば、②手荒《てあら》なことはしない」

🀄「請問是哪位？」

「別管那麼多，老實一點，不准出聲。」

陌生的男子一邊說著，一邊從骯髒的外套口袋裡，掏出了一把刀狀物。

「別使用暴力啊……。」

「走！乖乖帶路。」

被男人的刀柄抵著，老人無可奈何地走回有暖爐的房間。迎接老人的妻子起身問道：

「是哪位啊？是那孩子的朋友吧！」

「真不湊巧，是我！我來跟你們要些錢用，只要拿到值錢的東西，我就不會做出粗暴的事。」

▲註釋

① **オーバー：**防寒外套，オーバーコート【overcoat】的簡稱。

② **手荒《てあら》：**粗暴。

男《おとこ》の手《て》にある刃物《はもの》は、赤《あか》い炎《ほのお》の色《いろ》を映《うつ》して、無気味《ぶきみ》に光《ひか》った。

「は、はい。わたしたちは年《とし》よりです。①手《て》むかいをしても②かなわないことぐらい、よくわかっております。なんでも欲《ほ》しい物《もの》をお持《も》ちになって、帰《かえ》って下《くだ》さい。だけど、二階《にかい》にだけは行《い》かないで下《くだ》さい」

「なんで、そんなことを言《い》う。さては、なにか大切《たいせつ》なものでも置《お》いてあるのだろう」

それに対《たい》し、老人《ろうじん》は手《て》を振《ふ》った。

「とんでもない。息子《むすこ》が勉強《べんきょう》しているのです」

「そうか。あまり静《しず》かなので、気《き》がつかなかった。すると、③油断《ゆだん》はできんな」

「あの子《こ》だけには、けがをさせたくないのです」

「おとなしくしていれば、けがはさせんさ」

中 男人手上的刀子，映著赤紅的火焰，閃著令人毛骨悚然的光芒。

「是、是。我們倆都老了。很清楚就算抵抗也只是白費力氣。想要什麼請儘管拿，拿了就離開吧！但是請不要上二樓去。」

「為什麼？難道二樓有貴重的東西嗎？」

老人搖搖手說道：

「沒這回事，我兒子在上面讀書，所以……。」

「是嗎？太安靜了竟然沒注意到，這麼一來我可不能大意啊！」

「什麼都好！請你不要傷害那孩子。」

「只要他肯乖乖聽話，我就不會傷害他。」

▲**註釋**

① **手《て》むかいをする**：抵抗、反抗。

② **かなう**：【敵う】贏得過、比得上。

③ **油断《ゆだん》**：粗心大意、疏忽。

「しかし、あの子《こ》は①いざとなると、②むこうみずな所《ところ》があって……」

「そうなると、ますます落《お》ち着《つ》いて家《や》さがしもできない。まず、そいつを③縛《しば》ってから、仕事《しごと》にかかろう」

「お願《ねが》い。それだけはしないで」

二人《ふたり》は声《こえ》をそろえて言《い》ったが、相手《あいて》は首《くび》を振《ふ》った。

「なにを言《い》う。そんな事《こと》にいちいち遠慮《えんりょ》していたら、仕事《しごと》などできるものか」

男《おとこ》は足音《あしおと》をしのばせて、二階《にかい》への階段《かいだん》をあがっていった。二人《ふたり》にはそれを止《と》める力《ちから》はなく、また、大声《おおごえ》をあげることも、逃《に》げることもできず、ただ気《き》づかわしげに顔《かお》をみつめあうばかりだった。暖炉《だんろ》のたきぎが、大《おお》きく崩《くず》れた。

悲鳴《ひめい》と、それにつづいて階段《かいだん》をころげ落《お》ちる音《おと》。

中

「但那孩子一到緊要關頭，就會變得很魯莽……。」

「那這樣，我就更不能放心地翻箱倒櫃了。先將那傢伙綁起來再做事好了。」

「求求你，請不要這麼做啊！」

倆老齊聲請求，但是對方卻搖頭拒絕。

「說什麼話，要是顧慮這、顧慮那，我還能做什麼事？」

男人躡著腳步，爬上二樓的階梯。兩人無力阻止，又不能大聲叫嚷，也沒辦法逃走，只能不安地互望對方。這時暖爐裡的柴薪大幅崩塌而下。

一聲慘叫後，傳來了滾落階梯的聲音。

▲註釋

① **いざとなると：**到了重要關頭時。

② **むこうみず：**【向こう見ず】魯莽、冒失。

③ **縛《しば》る：**①綑綁。②束縛。在此為①的意思。

老人《ろうじん》はおそるおそるのぞき、妻《つま》に言《い》った。

「あの子《こ》が、①やっつけてくれたよ。よかった。早《はや》く警察《けいさつ》へ電話《でんわ》を……」

②気《き》ぜわしくサイレンの音《おと》を立《た》て、まもなく③パトカーがこの家《いえ》に来《き》て、警官《けいかん》たちが侵《しん》入者《にゅうしゃ》を連《つ》れ去《さ》った。

寒《さむ》い戸外《こがい》に引《ひ》きたてられながら、男《おとこ》はぶつぶつと自嘲《じちょう》④めいた言葉《ことば》をもらした。

「とんでもない息子《むすこ》がいたものだ。まっ暗《くら》な部屋《へや》のなかから、だしぬけに、おれを突《つ》きとばしやがった。それにしても、感《かん》づかれたのは、なぜなのか」

このつぶやきは警官《けいかん》たちに聞《き》こえなかったとみえ、警官《けいかん》たちは彼《かれ》ら⑤なりの会話《かいわ》をかわしていた。

「二人《ふたり》はしきりに、息子《むすこ》がつかまえたと言《い》っていたが、ほかに、だれもいないじゃないか。頭《あたま》がおかしいのではないのか」

中

老人戰戰兢兢地探望著，對妻子說：

「那孩子替我們修理他了！太好了，快打電話叫警察來……。」

傳來了一陣焦急的警笛聲後，警車隨即來到了這戶人家的門前，警方將入侵者帶走了。

當男人被拖到寒冷的戶外時，他口中喃喃自嘲道：

「竟然有那麼了不得的兒子！居然能從漆黑的房裡，出奇不意地推我一把。真想不透是怎麼被發現的。」

警察似乎沒聽見這聲嘟囔，警方就他們的立場聊著：

「那兩個人一直說這傢伙是他們的兒子捉到的，可是屋內明明沒有其他人，不是嗎？腦筋是不是有問題啊？」

▲註釋

① **やっつける**：①做完、草草了結。②教訓一頓。在此為②的意思。

② **気《き》ぜわしい**：①慌忙、慌亂。②個性急躁。在此為①的意思。

③ **パトカー**：巡邏車。為パトロールカー【patrol car】的縮寫。

④ **～めく**：前加名詞、形容詞・形容動詞語幹後構成動詞，表示有～的樣子、有～的氣息。

⑤ **～なり**：前加名詞、形容詞連體形，表示與……相當、那般。

「いや、とくに異常《いじょう》というほどのものではない。ただ、十数年《じゅうすうねん》まえに、学生《がくせい》だったひとり息子《むすこ》が、冬山《ふゆやま》で死《し》んだことを、まだ認《みと》めたがらないだけなのだ。あの二人《ふたり》に言《い》わせると、息子《むすこ》は二階《にかい》の部屋《へや》で、いつもおとなしく勉強《べんきょう》をつづけているのだそうだ」

雪《ゆき》は、つもる速度《そくど》を早《はや》めたように思《おも》えた。

中 「不，還沒有到那種程度。只是十多年前，他們尚在就學的獨生子，死於冬季的荒山之中，他們只是還不肯面對現實罷了。依他們的說法，那孩子一直乖乖地待在二樓房裡念書。」

雪，堆積的速度似乎愈來愈快了。

夢《ゆめ》の男《おとこ》

夢中的男人

07

夢《ゆめ》の男《おとこ》

朝《あさ》の光《ひかり》が厚《あつ》い①カーテンのすきまから、部屋《へや》のなかにさしこみ、壁《かべ》にかけられている古風《こふう》な絵《え》、あたりにある豪華《ごうか》な家具《かぐ》などの上《うえ》に、明《あか》るさを美《うつく》しく配置《はいち》しはじめた。ここは有名《ゆうめい》な実業家《じつぎょうか》、エヌ氏《し》の寝室《しんしつ》なのだ。

部屋《へや》の片《かた》すみ、良質《りょうしつ》の木材《もくざい》で作《つく》られた大型《おおがた》のベッドのなかで、エヌ氏《し》は、

「うう……」

と、②うなりながら目《め》を開《ひら》き、③顔《かお》をしかめ、手《て》で汗《あせ》をぬぐった。そして、身《み》を起《おこ》し、首《くび》を振《ふ》り、ふとった手《て》を動《うご》かして肩《かた》のあたりを勢《いきお》いよく④たたいた。

エヌ氏《し》は、七十歳《ななじっさい》をいくつかすぎていたが、産業界《さんぎょうかい》で精力的《せいりょくてき》に活動《かつどう》している人物《じんぶつ》なのだった。彼《かれ》は若《わか》いころは貧《まず》しかったが、すべての人生《じんせい》の目標《もくひょう》を社会《しゃかい》での成功《せいこう》に⑤賭《か》けて、あらゆる努力《どりょく》をつづけてきた。

夢中的男人

中　晨曦自厚重的窗簾縫隙直射室內。明亮的光芒，美妙地灑落於牆上的古老繪畫，以及周圍的豪華傢俱上。這裡是知名實業家N氏的寢室。

室內的一隅，在上等木材製成的大型床鋪上，N氏他一邊發出：

「唔、嗚……。」

的呻吟聲，一邊睜開雙眼，他眉頭深鎖，伸手拭去了汗水。接著，他坐起身，搖晃著腦袋，抬起那肥胖的手臂，用力垂打自己的肩。

N氏雖已七十來歲了，但在產業界卻是位相當活躍的人物。他年少時雖然生活貧困，但他賭上了自己的人生，目標成為社會中的佼佼者，並努力不懈地活到了現在。

▲註釋

①**カーテン：**【curtain】窗簾、布簾。

②**うなる：**【唸る】①呻吟。②（野獸）吼叫、吠。③發出讚嘆。在此為①的意思。

③**顔《かお》をしかめる：**感到痛苦、不悅而皺眉。

④**たたく：**【叩く】①敲打、拍打。②詢問、徵求。③攻擊、駁斥。在此為①的意思。

⑤**賭《か》ける：**賭上。

その過程《かてい》では、やり方《かた》がひどすぎるなどと言《い》われたが、いまでは、①ほぼその目的《もくてき》を達《たっ》した。いくつかの会社《かいしゃ》を支配《しはい》し、家《いえ》では②身《み》のまわりの世話係《せわがかり》を、何人《なんにん》も③やとった。

彼《かれ》は手《て》をのばし、ベッドのそばのベルを押《お》した。それに応《おう》じて、世話係《せわがかり》のひとりが入《はい》ってきて、ていねいに朝《あさ》のあいさつをした。

「おはようございます。なにか、ご用《よう》ですか」

「ああ。濃《こ》いコーヒーを持《も》ってこい。早《はや》くだ」

と、エヌ氏《し》は吐《は》きだすようにいった。

「はい」

引《ひ》きさがったかと思《おも》うと、すぐに大《おお》きなカップにみたしたコーヒーを、銀《ぎん》の盆《ぼん》の上《うえ》に④ささげて戻《もど》ってきた。このごろ、これが毎朝《まいあさ》のことなので、だれも心得《こころえ》たものなのだ。

中 在這段過程中，儘管曾遭人指出作法太過激進，但如今，他也幾乎達成了他的目的。現在他支配著好幾間公司，家中也雇用了幾位處理雜事的傭人。

他伸手按了床邊的召喚鈴。隨著鈴聲，一位傭人走了進來，畢恭畢敬地向他請安問好。

「早安，請問有什麼吩咐嗎？」

「恩！我要杯濃咖啡。要快。」

N氏不耐煩地吩咐。

「好的。」

傭人才剛離去，馬上又捧著銀製拖盤回來，上頭放了一大杯滿滿的咖啡。最近這段日子，每天早上都會有這個吩咐，所以每位傭人都非常熟練。

▲註釋

① ほぼ：幾乎。

② 身《み》のまわり：日常生活中的雜事、雜物。

③ やとう：【雇う】雇用。

④ ささげる：【捧げる】①雙手捧著，舉高。②（向神佛或尊敬對象）奉上、獻上。③貢獻。在此為①的意思。

ベッドのなかでそれを①飲《の》みほしたエヌ氏《し》は、つぎにシャワー室《しつ》に入《はい》り、勢《いきお》いよく水《みず》の音《おと》をたてた。そして服《ふく》を着《き》かえ、②邸内《ていない》の広《ひろ》い庭《にわ》をゆっくりと散歩《さんぽ》しはじめた。

このように毎朝《まいあさ》の日課《にっか》が進《すす》むにつれ、彼《かれ》の夜《よる》の悩《なや》みはしだいに薄《うす》れる。朝食《ちょうしょく》を終《お》え、口《くち》が③すすがれるころには、苦痛《くつう》の表情《ひょうじょう》はほとんど消《き》えているように見《み》えた。

「おい。自動車《じどうしゃ》の用意《ようい》はいいか」

と、彼《かれ》は言《い》う。

「はい」

「きょうは会社《かいしゃ》への途中《とちゅう》で、医者《いしゃ》に寄《よ》ることにする」

「わかりました」

中 坐在床上喝完咖啡後，N氏走進了浴室，裡頭傳來了強勁的水聲。穿上衣物後，他在宅邸內寬廣的庭院中，悠閒地散步。

隨著進行每天例行的活動後，他逐漸淡忘了夜裡的苦惱。當他吃完早餐，漱著口時，痛苦的神情幾乎消退了。

「喂，車準備好了嗎？」

N氏問道。

「是的。」

「今天去公司的路上，先去趟醫生那。」

「遵命。」

▲註釋

① **飲《の》みほす**：喝光。

② **邸内《ていない》**：宅邸內。

③ **すすぐ**：【濯ぐ／漱ぐ】①洗滌、清洗。②漱口。③洗刷（汙名）。在此為②的意思。

運転手《うんてんしゅ》はエヌ氏《し》を、①かかりつけの病院《びょういん》に運《はこ》んだ。医者《いしゃ》はエヌ氏《し》を迎《むか》えて声《こえ》をかけた。

「いかがです。少《すこ》しはぐあいがよくなりましたか」

「いかん。少《すこ》しも前《まえ》と変《かわ》らないぞ」

と、エヌ氏《し》は苦《にが》い顔《かお》をした。

「②弱《よわ》りましたな。あの安定剤《あんていざい》は、ききませんでしたか」

「おい、わしは眠《ねむ》れないのではないぞ。③むしろ、眠《ねむ》りたくないのだ。ほかの薬《くすり》をくれ」

「いや、やはり眠《ねむ》りの問題《もんだい》です。眠《ねむ》らなければ、からだのほう④がまいってしまいます。しかし、よくお考《かんが》えになってみて下《くだ》さい。そう大《おお》さわぎすることでは、ないと思《おも》いますがね。気《き》にしないことですよ」

中 司機將N氏載到了固定看診的醫院。醫生迎接N氏後說道：

「怎麼樣，有沒有好一點？」

「不行，還是和以前一樣，完全沒有效果。」

N氏苦著一張臉回答。

「傷腦筋呢。開給您的鎮靜劑都沒有效嗎？」

「喂，我不是睡不著啊！我反而還不想睡覺呢！開別的藥給我吧！」

「不，其實問題還是出在睡眠上。不睡的話，身體會吃不消的。但請您好好想一想，沒必要那麼慌張呀！只要別在意就會好的。」

▲ **註釋**

① **かかりつけ：**【掛かり付け】常去就診、固定就醫。

② **弱《よわ》る：**①衰弱、衰退。②困擾、傷腦筋。在此為②的意思。

③ **むしろ：**反而、與其……不如……。

④ **からだがまいってしまう：**【体が参ってしまう】身體不堪負荷。

「人《ひと》のことだと思《おも》って、そう簡単《かんたん》に片《かた》づけないで、わしの身《み》にもなってみてくれ。毎《まい》晩毎晩《ばんまいばん》、夢《ゆめ》のなかに同《おな》じ男《おとこ》が現《あらわ》れ、荒涼《こうりょう》とした野原《のはら》を①ひきまわすのだぞ」

「しかし、ただの夢《ゆめ》ではありませんか。目《め》がさめれば消《き》えてしまう」

「といっても、夜《よる》になると、またその無表情《むひょうじょう》な男《おとこ》が、わしを荒《あ》れはてた野原《のはら》に②さそいにくる。いやでたまらぬ。なんとかならんのか」

「くりかえしますが、精神分析《せいしんぶんせき》の結果《けっか》によると、その男《おとこ》は昼《ひる》のあいだあなたの支配下《しはいか》にある、すべてのものの象徴《しょうちょう》のようですよ。ですから、あなたがなさっている支配的《しはいてき》なお仕事《しごと》をおやめにならぬ限《かぎ》り、その男《おとこ》は消《き》えないでしょう。仕事《しごと》から引退《いんたい》するか、それとも、夢《ゆめ》を気《き》にしないか、どっちかです。まあ、気《き》にしないことですね。③考《かんが》えようによっては、いい夢《ゆめ》ですよ。わたしも、そんな男《おとこ》が夢《ゆめ》に現《あらわ》れるぐらい、人《ひと》や組織《そしき》を支配《しはい》してみたい。うらやましいくらいです」

中「不要事不關己就隨便下結論！你也該站在我的立場想想，我可是每晚在夢中被同一個男人帶到荒涼的草原上晃耶！」

「但那不過是一場夢而已，不是嗎？醒來也就沒事了。」

「話是不錯，但是只要一到晚上，那個面無表情的男人又會來邀我到荒蕪的草原去。我已經受夠了！難道沒有什麼辦法解決嗎？」

「容我再說明一次，依照心理分析的結果，那個男人象徵著白天時受您支配的所有人事物，所以只要您繼續從事管理職，那個男人就不會消失。您只能選擇是要從工作中抽身引退，或是不去在意那場夢。唉呀，別在意比較好吧！換個角度想，這是個好夢呢！我真希望自己能支配人跟組織，並支配到能夢見那男人般的程度呢！真羨慕你。」

▲**註釋**

① **ひきまわす：**【引き回す】①帶著走。②指揮。③遊街示眾。在此為①的意思。

② **さそう：**【誘う】①邀請。②引起。在此為①的意思。

③ **考《かんが》えようによっては：**隨著思考方式不同～也有變化。

「なにをいう。わしが引退《いんたい》など、とんでもない話《はなし》だ。わしは、さらに多《おお》くを支配《しはい》したい。同時《どうじ》に、夢《ゆめ》のあの男《おとこ》には、会《あ》いたくないのだ。どうだ、金《かね》ですむのなら①惜《お》しまない。ぜひ、なんとかして欲《ほ》しい」

「弱《よわ》りましたな。可能《かのう》な限《かぎ》りのことは、試《こころ》みました。しかし、これ以上《いじょう》となると、わたしの②手《て》に負《お》えません。お金《かね》をお出《だ》しになるといっても、どうも夢《ゆめ》のなかの世界《せかい》までは、金銭《きんせん》の力《ちから》も及《およ》ばないようです」

「よし、もうきみにはたのまぬ。世《よ》のなかには、金《かね》で解決《かいけつ》できぬことはないはずだ」

エヌ氏《し》は、③憤然《ふんぜん》とした表情《ひょうじょう》で病院《びょういん》を出《で》た。

会社《かいしゃ》についたエヌ氏《し》は、昼《ひる》ごろ、秘書《ひしょ》から来客《らいきゃく》のしらせをうけた。

「社長《しゃちょう》、薬《くすり》のセールスマンと④称《しょう》する男《おとこ》がやってきました。もちろん、すぐ⑤追《お》いかえすつもりですが、いちおう、⑥お耳《みみ》に入《い》れておこうと思《おも》いまして……」

中　「什麼話，要我引退？不可能！我還打算管理更多公司呢！同時，我也不想再見到夢中的男人。如果能用錢解決的話，多少錢都花，拜託你，想想辦法吧！」

「真傷腦筋，我已經試過各種方法了。就算您要我再想別的辦法，我也是無能為力。即使您說願意出錢，但夢中的世界，用錢也解決不了的。」

「既然如此，我再也不求助於你了，我就不相信世上還有錢解決不了的事。」

N氏憤然地走出醫院。

抵達公司的N氏，在中午時從秘書那裡得知有客人來訪的消息。

「老闆，有位自稱是藥品推銷員的男人前來拜訪。當然，我本來是打算要趕他走的，但想說還是知會您一聲……。」

▲註釋

① **惜《お》しむ**：①可惜、惋惜。②吝嗇。③珍惜。在此為②的意思。

② **手《て》に負《お》えない**：棘手、難以應付。

③ **憤然《ふんぜん》**：氣憤發怒的樣子。

④ **称《しょう》する**：①稱為、自稱。②假稱、託辭。③稱讚。在此為①的意思。

⑤ **追《お》いかえす**：【追い返す】趕走。

⑥ **耳《みみ》に入《い》れる**：聽到、聽聞。

「うむ、なんといっておるのだ」

「ほうぼうの社長《しゃちょう》①クラスにご愛用《あいよう》いただいている、新《あたら》しい睡眠剤《すいみんざい》とか。しかし、紹介状《しょうかいじょう》もないようですから、断《こと》わるのがよろしいかと考《かんが》えますが」

「待《ま》て、会《あ》ってみたい。連《つ》れてこい」

「はい」

秘書《ひしょ》はさがり、まもなくひとりの男《おとこ》を案内《あんない》して戻《もど》ってきた。

エヌ氏《し》は「あっ」と声《こえ》をあげるところだった。その無表情《むひょうじょう》な顔《かお》、どことい って特徴《とくちょう》のない服《ふく》。それは毎晩《まいばん》エヌ氏《し》の夢《ゆめ》に現《あらわ》れ、さびしい野原《のはら》を案内《あんない》する、例《れい》の男《おとこ》にそっくりだったのだ。だが、エヌ氏《し》はそれを口《くち》にしては常識《じょうしき》を疑《うたが》われると思《おも》い、さりげなく聞《き》いた。

「どんな用《よう》なのだ」

「嗯，他怎麼說？」

「他說有一種新型睡眠劑，廣受各方社長層級的好評，但是他並沒有介紹狀，我認為還是推辭掉比較好。」

「等等，我想見見他，去帶他進來。」

「是。」

秘書出去後不久，帶了一位男人進來。

N氏差點就「啊」地叫出聲。因為這張毫無表情的臉蛋，和一身沒有特色的服裝，都與每晚出現在N氏的夢中，帶領他到荒涼原野四處亂逛的男人一模一樣！但是，N氏怕被笑話，於是他忍住了內心的疑惑，若無其事地問道：

「你有什麼事？」

▲註釋

① クラス：【class】①班級。②等級、階層。在此為②的意思。

「薬《くすり》をお持《も》ちしました。①ぐっすり眠《ねむ》れないでお悩《なや》みの方《かた》がたに、ずいぶん感謝《かんしゃ》されております。そもそも、この新薬《しんやく》は……」

男《おとこ》が効能《こうのう》をのべたてるのを、エヌ氏《し》は②じっとみつめていたが、やがて③さえぎった。

「よし。おまえの持《も》ってきた薬《くすり》なら、効《き》くかもしれぬ。買《か》うことにしよう」

「ありがとうございます。今晩《こんばん》から、きっと④安《やす》らかにお眠《ねむ》りになれましょう。でも、なぜ、わたしの持《も》っている薬《くすり》ならとおっしゃるので」

男《おとこ》はけげんそうな様子《ようす》だったが、エヌ氏《し》は首《くび》をふった。

「いや、べつに理由《りゆう》はない」

そばに立《た》っていた秘書《ひしょ》が耳《みみ》のそばで、

中

「我帶了些藥品來。一些苦於無法熟睡的人們，都很慶幸有這個藥品呢！本來這個新藥……。」

N氏一直盯著男人介紹藥效的身影，隔了一會，他開口打斷男人的話。

「好！既然是你帶來的藥，想必有效，我就買吧！」

「謝謝惠顧。相信從今以後您就能安穩入眠。但是，您為什麼會說『既然是我帶來的』這句話？」

男人露出詫異的表情，但N氏搖了搖頭。

「不，沒什麼。」

站在一旁的秘書，在他耳邊悄悄地說：

▲註釋

① **ぐっすり：**①熟睡。②形容東西突然刺入的聲音。③非常、相當。在此為①的意思。

② **じっと：**①一動也不動地。②集中思緒或視線。③表示壓抑、忍耐的樣子。在此為②的意思。

③ **さえぎる：【遮る】**①遮擋、遮住（視線）。②妨礙、阻礙。在此為②的意思。

④ **安《やす》らか：**①平安、安定。②安心、安穩。在此為②的意思。

「社長《しゃちょう》、およしなさいませ。①素性《すじょう》のしれない人物《じんぶつ》です。どうせ、いいかげんな薬《くすり》にきまっています」

と②ささやいたが、エヌ氏《し》はそれにかまわず、大量《たいりょう》に買《か》った。

夜《よる》。眠《ねむ》りに落《お》ちたエヌ氏《し》に、やはりいつもの夢《ゆめ》が訪《おとず》れた。

例《れい》の男《おとこ》が、③あいかわらず現《あらわ》れたのだ。だが、いつもの無表情《むひょうじょう》ではなく、これまでにない④なごやかな笑顔《えがお》を示《しめ》し、エヌ氏《し》を夢《ゆめ》の散歩《さんぽ》に案内《あんない》した。

しかも、今晩《こんばん》は⑤荒涼《こうりょう》たる野原《のはら》ではなかった。小川《おがわ》が流《なが》れ、美《うつく》しい花《はな》が咲《さ》き、そのかおりはそよ風《かぜ》でひろがり、低《ひく》い所《ところ》をチョウが、少《すこ》し高《たか》い所《ところ》を小鳥《ことり》が飛《と》びかい、その上《うえ》は白《しろ》い雲《くも》、青《あお》い空《そら》がひろがっている。

中

「老闆，請不要買！又不了解他的底細，想必他的藥肯定沒有多大效用。」

N氏不顧秘書的勸阻，大量購買了藥品。

到了夜晚，進入睡眠狀態的N氏，果然又做了同樣的夢境。

那個男人，一如往常地出現在夢中。不過，他卻一改往日的面無表情，露出不曾展現過的溫和笑容，帶領著N氏進行一場夢中散步。

而且，今晚並不是造訪荒涼的原野。小溪潺潺流過、美麗的花朵盛開著，花香隨著風瀰漫於空氣裡，蝴蝶低舞，而小鳥則在高空中交錯飛舞著，在這片美景之上還有朵朵白雲，以及湛藍的天空。

▲註釋

① **素性《すじょう》のしれない**：來歷不明。

② **ささやく**：【囁く】輕聲低語。

③ **あいかわらず**：【相変わらず】一如往常、一貫的。

④ **なごやか**：【和やか】和睦、和諧。

⑤ **荒涼《こうりょう》たる**：荒蕪的、荒涼的。補充：日語古文中，形容動詞分為「ナリ活用」與「タリ活用」兩種，常見於文章體。在此為「タリ活用」的連體形；「タリ活用」其語幹多為漢語，例：堂々《どうどう》たる（大方的）、呆《ぼう》然《ぜん》たる（茫然的）。

「いかがです。ご満足《まんぞく》ですか」

と、夢《ゆめ》の男《おとこ》がエヌ氏《し》に聞《き》いた。

「うむ。いい気分《きぶん》だ。おまえの薬《くすり》は、①じつにいいぞ。わしの②望《のぞ》んでいたのは、こんな夢《ゆめ》だったのだ」

「お喜《よろこ》びいただけて、うれしく思《おも》います。では、きょうはこれくらいで」

「いや、こんな夢《ゆめ》なら、いつまでも見《み》ていたい。そうはいかんのか」

「もし、お望《のぞ》みならば」

「もちろん望《のぞ》むとも。それにしても、このすばらしい所《ところ》はどこなのだ」

「もうおわかりかと思《おも》っておりましたが、ここはですね……」

中

「如何？您還滿意嗎？」

夢中的男人問N氏。

「嗯，好舒服哪！你的藥實在不錯。我所期望的就是這種夢境。」

「能讓您高興，我也很開心。那麼，今天就到此為止吧！」

「不，如果是這種夢的話，我想一直夢下去，可以嗎？」

「如果您希望的話……。」

「當然了！不過，這個美妙的地方，究竟是哪裡？」

「我以為您已經知道了呢！這裡是……。」

▲註釋

① **実《じつ》に**：①表示感嘆，實在是……、非常地……。②表示強調，竟然……。在此為①的意思。

② **望《のぞ》む**：①眺望。②希望、期盼。在此為②的意思。

つぎの朝《あさ》。エヌ氏《し》の世話係《せわがかり》は、いくら待《ま》ってもベルが鳴《な》らず、物音《ものおと》もしないのを不審《ふしん》に思《おも》いながら、ドアの外《そと》で立《た》ちつづけていた。

中 隔天早上，N氏的傭人無論等了多久，都還是沒聽見召喚鈴的聲響，房裡也沒有半點動靜，雖然覺得不對勁但他也只好一直站在門外。

不運《ふうん》

噩運

08

不運《ふうん》

①ざぶりと波《なみ》がしらが崩《くず》れ、K氏《し》の口《くち》に、塩《しお》からい海《うみ》の水《みず》があふれた。彼《かれ》は立泳《たちおよ》ぎをしながら、どんどん遠《とお》ざかって行《い》く船《ふね》の灯《ひ》を見送《みおく》った。服《ふく》を着《き》たままなので、手足《てあし》は思《おも》うように動《うご》かず、楽《らく》ではない。しかし、彼《かれ》は服《ふく》をぬごうともしなかった。

ここは、夜《よる》の海《うみ》のまっただなか。船《ふね》は視界《しかい》から消《き》え去《さ》り、彼《かれ》は立泳《たちおよ》ぎをつづけながら一回《ひとまわ》りしたが、ほかの船《ふね》も、陸《りく》の影《かげ》も見《み》えなかった。

いままで乗《の》っていた客船《きゃくせん》を追《お》いかけることは、もはや不可能《ふかのう》だ。また、最《もっと》も近《ちか》い海岸《かいがん》に泳《およ》ぎつくのも、二日《ふつか》はかかる。この場所《ばしょ》で一日《いちにち》待《ま》っていれば、つぎの船《ふね》が通《とお》りはするが、海流《かいりゅう》があるのでそれもできない。

②いかに泳《およ》ぎがうまいといっても、助《たす》かる③見込《みこ》みは、まったくなかった。

「やれやれ、これでなにもかもお別《わか》れか。④くたびれて沈《しず》むのを待《ま》つとしよう」

噩運

（中）噗咚一聲，浪峰隨之瓦解，K氏的口中充滿了鹹澀的海水。他邊踩著水，邊目送著那逐漸遠去的船隻燈火。他身上還穿著衣服，所以手腳無法自由地擺動，但他並不打算褪去衣服。

此處是夜晚的海中央。船已遠離了視線，他擺動著雙腳游了一圈，卻不見半條船影，也沒看到陸地的蹤跡。

如今想要追上方才乘坐的渡船，已經是不可能的了。而且就算要游至最近的海岸，也需花費兩天的時間。如果在原處等上一天，雖能遇上下一班的渡船，但因為海流的因素，所以也行不通。

就算他是位游泳健將，如今也毫無獲救的希望了。

「唉呀呀……，這樣就得和一切告別了吧！現在就是等精疲力盡後沉入海中了。」

▲註釋

① **ざぶり**：用力地跳入水中的聲音，噗通一聲。

② **いかに**：【如何に】①如何、怎麼做？②就算……都……。③為什麼？在此為②的意思。

③ **見《み》込《こ》み**：①期盼、希望。②可能性。③預定、估計。在此為①的意思。

④ **くたびれる**：①疲倦、煩膩。②衣物變得老舊。在此為①的意思。

K氏《し》は口《くち》から水《みず》を吐《は》き出《だ》しながら、つぶやいた。その声《こえ》や表情《ひょうじょう》には、あわてたようすなど少《すこ》しもなかった。それは、決意《けつい》がいかに固《かた》いかを示《しめ》している。死《し》ぬ覚悟《かくご》で①身《み》を投《な》げたのだ。

世《よ》の中《なか》には自殺《じさつ》を②はかる人《ひと》は多《おお》く、また、その方法《ほうほう》にもいろいろある。だが、海《うみ》のまんなかで飛《と》びこむ以外《いがい》の方法《ほうほう》は、多《おお》③かれ少《すく》なかれ、ひとに④迷惑《めいわく》をかける。死《し》ぬ本人《ほんにん》にとっては、⑤あとは野《の》となれだろうが、線路《せんろ》の上《うえ》の死体《したい》を片《かた》づける人《ひと》などのことを考《かんが》えてみたら、発作的《ほっさてき》な自殺《じさつ》でない限《かぎ》り、街《まち》のなかでは、できるものではない。

K氏《し》の場合《ばあい》は、⑥考《かんが》えぬいたあげく、不動《ふどう》の決意《けつい》で死《し》を望《のぞ》んだ。で、このようにひとに迷惑《めいわく》のかからない、海《うみ》に飛《と》びこむという方法《ほうほう》を選《えら》んだのだ。

中 K氏邊吐著口中的海水，邊喃喃自語。從他的聲音與表情裡，看不出一絲慌亂的神情。這足見他不可動搖的決心。原來，他是下了必死的決心投海的。

在這世上，想自殺的人為數不少，而自殺的方法也是各式各樣。然而除了投身大海外，其他方法多少都會帶給旁人一些困擾。雖然對死者本身來說，身後事對他全無影響，但一考量到幫忙在鐵軌上收屍的人員，除非是突發性的自殺，他實在沒辦法在都市裡輕身。

而K氏的情形，他是考慮再三後才決心尋死，於是選了不會替旁人造成困擾的死法，也就是投海自殺。

▲**註釋**

① **身《み》を投《な》げる**：①一躍而下地自殺。②表示跑步很快。③熱衷、投入於……。在此為①的意思。

② **はかる**：【図る】①企圖、打算。②斟酌、估計。③策劃、安排。在此為①的意思。

③ **～かれ～かれ**：前加形容詞語幹，表示不論……。

④ **迷惑《めいわく》をかける**：給人添麻煩，為慣用表現。

⑤ **あとは野《の》となれ**：為日本諺語，整句為：「後《あと》は野《の》となれ山《やま》となれ」，表示只顧眼前，不管三七二十一。

⑥ **考《かんが》えぬく**：經過一番思索。

なぜ死《し》ぬつもりになったかは、ほんのちょっとした不運《ふうん》のため。①生《う》まれつき、②あらゆる③勝負事《しょうぶごと》が好《す》きだった。そして今《いま》まで思《おも》い出《だ》せる限《かぎ》りで、これはという勝負《しょうぶ》には、ほとんど負《ま》けたことがない。いや、あらゆる場合《ばあい》に勝《か》っていた。負《ま》けたのはただ一度《いちど》きり。多《おお》くの人《ひと》は、そんな彼《かれ》をうらやむかもしれない。しかし、決《けっ》してうらやむべき状《じょう》態《たい》ではなかった。

その一度《いちど》が、最後《さいご》の一度《いちど》だったのだ。ありとあらゆる財産《ざいさん》をつぎこんでやった勝負《しょうぶ》に負《ま》ければ、それまで何百回《なんびゃっかい》と勝《か》ちつづけていても、まったく意味《いみ》がない。その時《とき》になって勝負事《しょうぶごと》を心《こころ》からうらんでみても、すべては手《て》おくれ。

なぜそんな大勝負《おおしょうぶ》に賭《か》けるつもりになったかというと、それは失恋《しつれん》して④やけを起《おこ》したため。彼《かれ》は今《いま》まで女性《じょせい》に対《たい》して運《うん》のいいほうで、失恋《しつれん》したことはただの一度《いちど》だけ。だが、その一度《いちど》が、心《こころ》の底《そこ》から愛《あい》した女性《じょせい》に対《たい》してだった。女性《じょせい》に対《たい》しての自信《じしん》をまったく失《うしな》い、見《み》るのもいやになった。心《こころ》に⑤焼《や》きついた女性不信《じょせいふしん》の念《ねん》は、もはや消《き》えない。

中 為什麼非踏上死路不可呢？起因只是碰上了些微的不幸。K氏生性喜好與人計較勝負。而至今印象中，在面臨關鍵勝負時，他幾乎不曾輸過。不，是每場都贏了，就只輸過那麼一次。大多數的人或許會很羨慕他。然而，他的情形實在不值得旁人欽羨。

那唯一一次的失敗，也是他一生中最後的失敗。要是輸了賭上所有財產的勝負，就算過去贏過好幾百回，也都毫無意義。而如今再怎麼怨恨自己的好勝心，一切也都無可挽救了。

K氏為何會下這麼大的賭注呢？起因是失戀後一時的自暴自棄。在這之前，他的女人緣一直都很好，只經歷過一次失戀。然而這次的對象卻是他打從心底深愛的人。為此，他對女性完全喪失了自信心，甚至看到女性也會感到厭惡。從心底燃起的那股對女性的不信任感，如今已無法抹滅。

▲**註釋**

① **生《う》まれつき**：天生具備、生性。

② **あらゆる**：所有、全部。

③ **勝負事《しょうぶごと》**：比賽、競賽、賭局。

④ **やけを起《おこ》す**：自暴自棄，為慣用語表現。

⑤ **焼《や》きつく**：①火燒過後留下的痕跡。②留下深刻的印象。在此為②的意思。

なぜ失恋《しつれん》したかというと、酒《さけ》に①悪酔《わるよ》いしたのが原因《げんいん》だった。彼《かれ》は酒《さけ》が好《す》きで、悪酔《わるよ》いしたことは一度《いちど》だけ。その一回《いっかい》がこのあいだ起《おこ》り、道《みち》ばたで不注意《ふちゅうい》のため自動車《じどうしゃ》にはねられ、顔《かお》が醜《みにく》く傷《きず》ついてしまった。

つまり、酒《さけ》と女《おんな》と勝負事《しょうぶごと》を愛《あい》し、なにもかも順調《じゅんちょう》だったK氏《し》は、ほんのちょっとした不運《ふうん》のため、②生《い》きがいを失《うしな》い、すべてを憎《にく》み、死《し》の決心《けっしん》を抱《いだ》いたのだ。

「少《すこ》し、くたびれてきたようだ。もうそろそろ、③お陀仏《だぶつ》だろう」

彼《かれ》はしだいに疲《つか》れ、こう言《い》った。④いまさら⑤生《い》きながらえるつもりもないので、大声《おおごえ》で助《たす》けを呼《よ》ぼうとはしなかった。もっとも、助《たす》けを呼《よ》んだところで無意味《むいみ》なのは、考《かんが》えてみるまでもない。

中　為什麼會失戀呢？起因是他喝到酩酊大醉。K氏喜好飲酒，喝到爛醉的情況，只發生過那麼一次。而那一次則發生於前幾天，還因為自己的疏忽，在路邊慘遭汽車輾過，因此臉部留下了難看的疤痕。

也就是說，喜愛酒、女人、賭博，且事事皆順利的K氏，只因為些微的不幸，而失去了生存意義，憎恨起一切事物，並決心赴死。

「開始有點累了。大概快完蛋了吧！」

他逐漸感到疲憊，如此自言自語著。如今，他已不想倖存活著，於是他不打算大聲呼救。當然，用膝蓋想也知道，縱使他想求援，也是徒勞無功。

▲**註釋**

① **悪酔《わるよ》いする：**喝得爛醉。

② **生《い》きがい：**【生き甲斐】生命的價值、意義。

③ **お陀仏《だぶつ》：**①死亡。②失敗、完蛋。在此為①的意思。

④ **いまさら：**【今更】①事到如今。②現在開始……、現在才……。在此為①的意思。

⑤ **生《い》きながらえる：**①長壽。②倖存。在此為②的意思。

やがて、手《て》も足《あし》も動《うご》きが①にぶる。②おりから襲《おそ》った大《おお》きな波《なみ》は彼《かれ》を巻《ま》きこみ、海《うみ》の水《みず》は待《ま》ちかまえていたように口《くち》と鼻《はな》に③殺到《さっとう》した。

気《き》がついてみると、K氏《し》はベッドの上《うえ》に横《よこ》たわっていた。

「あ、ここはどこだ……」

こう言《い》うと、そばに立《た》ってのぞきこんでいた船員服《せんいんふく》の男《おとこ》が、ささやきかえしてきた。

「おめざめですか」

あたりを見《み》まわし、まもなくこう判断《はんだん》した。そばの船員服《せんいんふく》の男《おとこ》、室内《しつない》の④つくり、どこからともなく伝《つた》わってくる機関《きかん》の音《おと》、窓《まど》の下《した》あたりの波《なみ》の音《おと》。⑤おぼれ、⑥気《き》を失《うしな》っている時《とき》、通《とお》りがかったこの船《ふね》に助《たす》けられたにちがいない。

中 不久，手腳的行動逐漸變得遲緩，就在此時，襲來了一陣巨大海浪將他吞噬，埋伏已久的海水全都衝進了他的口、鼻……。

恢復意識之後，K氏發現自己正躺臥在床鋪上。

「啊，這是什麼地方……。」

他說完後，一位身穿水手服，站在一旁觀察的男子，輕聲回應：

「您醒了嗎？」

K氏環顧四周，隨即判斷到——身旁穿著水手服的男子、室內的裝潢、不知由何處傳來的引擎聲，以及窗下的海浪聲，看來是在溺水失去意識時，被這艘經過的船救上來了吧。

▲**註釋**

① **にぶる**：【鈍る】①（刀物）鈍、不鋒利。②（思緒、行動）遲鈍。在此為②的意思。

② **おりから**：①就在這時。②正逢～的時節。在此為①的意思。

③ **殺到《さっとう》する**：蜂擁而來。

④ **つくり**：【造り／作り】①結構、樣式。②裝扮、打扮。③體格、身材。④生魚片。在此為①的意思。

⑤ **おぼれる**：【溺れる】①溺水。②沉溺於……。在此為①的意思。

⑥ **気《き》を失《うしな》う**：失去意識，為慣用語表現。

「ここは、船《ふね》の上《うえ》だな。おれを①拾《ひろ》いあげたのだな」

「さようでございます」

「やい。なんで、よけいなことをした。おれは②誤《あやま》って海《うみ》に落《お》ちたのではない。自分《じぶん》から進《すす》んで、客船《きゃくせん》から飛《と》びこんだのだ。ああ、おれはこのごろ、まったく運《うん》がついてない。うまく死《し》ねると思《おも》ったのに、こんな船《ふね》に拾《ひろ》いあげられるとは」

③わめき散《ち》らしたが、船員《せんいん》は礼儀《れいぎ》正《ただ》しく頭《あたま》を下《さ》げた。訓練《くんれん》の行《ゆ》きとどいた、高級《こうきゅう》な客船《きゃくせん》らしい。

「まあ、そうおさわぎにならないで下《くだ》さいませ。いかがでしょう、眠《ねむ》っておいでのあいだに、服《ふく》はきれいに④プレスしておきました。それを⑤お召《め》しになって、広間《ひろま》のほうにおいで下《くだ》さい。みなさん、楽《たの》しそうにしてますよ。きっと、⑥お気《き》にも召《め》すことと存《ぞん》じます」

いつまで横《よこ》になっていても仕方《しかた》ないので、K氏《し》は服《ふく》をつけ、案内《あんない》に従《したが》った。

「這裡是船上吧！是你們把我救上來的嗎？」

「是的。」

「喂，幹麼多管閒事！我不是失足掉落海裡，而是自己從船上跳下去的。唉呀，我最近怎麼這麼倒霉，還以為能順利死掉，竟然被這艘船撈了上來。」

雖然K氏大呼小叫，但船員卻彬彬有禮地道了歉。看樣子這是一艘訓練有素的高級渡船。

「哎呀，請您別這麼大聲嚷嚷。這樣如何？在您就寢的時間，已經先替您把衣服洗好、燙過了。請您穿上衣服後，到大廳來吧！大家玩得正開心呢！相信您也會玩得很愉快才對。」

繼續躺下去也不是辦法，於是K氏換好衣服後，隨著船員的指示走了出來。

▲註釋

① **拾《ひろ》いあげる**：①撿起來。②提拔。在此為①的意思。

② **誤《あやま》る**：錯誤、弄錯。

③ **わめき散《ち》らす**：咆嘯、大聲吼叫。

④ **プレスする**：【press】燙（衣物）。

⑤ **お召《め》しになる**：為「着《き》る」的敬語，表示穿、著用。

⑥ **お気《き》に召《め》す**：為「気《き》に入《い》る」「好《この》む」的敬語，表示滿意、喜歡。

美《うつく》しい音楽《おんがく》が流《なが》れ、明《あか》るい光《ひかり》が満《み》ちている船内《せんない》の①ホール。そこには大《おお》ぜいの人《ひと》がいて、面白《おもしろ》そうに遊《あそ》んでいる。船員《せんいん》はK氏《し》に、片《かた》すみを指《ゆび》さしながら言《い》った。

「あそこには、バーがございます。どうぞ、お好《す》きなお酒《さけ》でも、ご注文《ちゅうもん》ください。お②勘定《かんじょう》のほうは、ご心配《しんぱい》なく」

「酒《さけ》だと。とんでもない。おれが死《し》ぬつもりになったのも、原因《げんいん》のひとつは酒《さけ》だ。ビンを見《み》るのも、においを③かぐのもいやだ」

彼《かれ》は船員《せんいん》を④ふりきり、⑤人《ひと》だかりのしているほうに歩《ある》いていった。のぞいてみると、ルーレットがあり、球《たま》が軽《かる》い音《おと》をたてながら回《まわ》っている。そばにいた年配《ねんぱい》の⑥外人《がいじん》が、K氏《し》に話《はな》しかけてきた。

「どうです。あなたも、やってみませんか」

中 優美的旋律流瀉而出，明亮的燈火盈滿了船上的大廳。那裡聚集了滿滿的人，每個人都開心地玩耍著。船員用手指著大廳的一角，對K氏說道：

「那邊就是酒吧，請不必拘束，愛喝什麼酒儘量吩咐，不必擔心帳單的問題。」

「酒？開什麼玩笑！害我走上絕路的其中一個原因正是酒啊！我已經不想再看到酒瓶，或聞到酒香了！」

他拒絕了船員後，朝人多的地方走去。探頭一瞧，原來有座輪盤桌，小球發出「喀啦、喀啦」的輕響，來回旋轉著。身旁年邁的外國人，向K氏搭了話：

「怎麼樣？你也想試試看嗎？」

▲註釋

① **ホール：**【hall】①大廳。②會場、會館。在此為①的意思。

② **勘定《かんじょう》：**①記算、數。②結帳、結算。③帳款、帳目。在此為②的意思。

③ **かぐ：**【嗅ぐ】聞、嗅。

④ **ふりきる：**【振り切る】①甩開、掙脫。②拒絕。③全力一揮。④甩掉（後方的人）。在此為②的意思。

⑤ **人だかり：**【人集り】人群。

⑥ **外人《がいじん》：**外國人，特別指歐美人士。

K氏《し》は頭《あたま》を振《ふ》った。死《し》ぬつもりになったもうひとつの原因《げんいん》は、これなのだ。

「わたしは、やりません」

「おや、どうしてです。面白《おもしろ》いのに。あ、金《かね》ですか。金《かね》なら①胴元《どうもと》にたのめば、貸《か》してくれますよ。むこうへ着《つ》いてから、②精算《せいさん》すればいいのです」

「いや、わたしは、きらいなのです」

どうせ死《し》ぬつもりなのだから、借《か》り③たってかまわないとは思《おも》ったが、自分《じぶん》をこんな④羽目《はめ》に⑤追《お》いこんだ憎《にく》い勝負事《しょうぶごと》に手《て》を出《だ》す気《き》はしなかった。

彼《かれ》はルーレット台《だい》をはなれながら、考《かんが》えをまとめた。金持《かねも》ち連中《れんちゅう》が集《あつま》って⑥買《か》いきった、不定期《ふていき》の遊覧船《ゆうらんせん》にちがいない。秘密《ひみつ》に賭《か》けをやるには、一番《いちばん》いい方法《ほうほう》だ。しばらく前《まえ》なら、K氏《し》は酒《さけ》にも、賭《か》けにも、進《すす》んでその誘惑《ゆうわく》に乗《の》ったところだが、いまは少《すこ》しも興味《きょうみ》を持《も》てなかった。

中

K氏搖搖頭。賭博也是引他走上死路的原因之一。

「我不要玩。」

「哦，為什麼？明明很有趣呀！啊，錢嗎？錢可以先跟莊家借，等到了對岸再一起清算就好。」

「不，我討厭賭博。」

雖然他有想過反正要死了，借錢也不打緊，但迫使自己陷入這種窘境的賭博，他再也沒有心情插手其間了。

他離開輪盤桌，同時把思緒整理了一遍。這肯定是一些有錢人合資購入的不定期遊覽船。要偷偷賭博的話，這的確是最棒的主意。若是在早些日子，K氏肯定會被酒和賭博吸引，但如今他已經完全失去了興趣。

▲註釋

① **胴元《どうもと》**：莊家。
② **精算《せいさん》する**：澈底整理計算。
③ **～たって**：前加活用語連用形，表示就算……也……。
④ **羽目《はめ》**：①木板牆、板壁。②窘境。在此為②的意思。
⑤ **追《お》いこむ**：①趕進（某場所）。②陷入、逼。在此為②的意思。
⑥ **買《か》いきる**：【買い切る】全買走、全包下。

彼《かれ》は、①デッキのほうに歩《ある》いていった。船《ふね》は夜《よる》の海《うみ》を静《しず》かに航行《こうこう》していた。ぼんやりとそれを眺《なが》めていると、とつぜん、甘《あま》いにおいと声《こえ》が近《ちか》よってきた。

「つまらなそうね。いかが。仲《なか》よくしましょうよ。いっしょに遊《あそ》ばない。この船《ふね》には、なにからなにまで、②そろっているのよ。港《みなと》へ着《つ》くまで、ぼんやりしていたって、しようがないじゃないの。③うんと遊《あそ》ばなくちゃ損《そん》よ」

ふりむいてみると、そこには若《わか》く美《うつく》しい女《おんな》が、からだを④くねらせながら立《た》っていた。

女《おんな》か。以前《いぜん》の彼《かれ》ならすぐにも飛《と》びつくところだったが、いまはちがう。なにに対《たい》しても興味《きょうみ》を失《うしな》い、なにに対《たい》しても信《しん》じられなくなっている。とくに女性《じょせい》に対《たい》しては、完《かん》全《ぜん》に自信《じしん》を失《うしな》っていた。

「⑤せっかくだがね。船《ふね》のみなさんは親切《しんせつ》に、仲間《なかま》に入《はい》っていっしょに遊《あそ》べと誘《さそ》ってくださるが、おれはもう、酒《さけ》やルーレットや美人《びじん》など、見《み》るのさえいやなんだ」

中 他踱向甲板。船無聲無息地航行於暗夜的海中。K氏恍惚地眺望著海景。突然，一陣醺然欲醉的香氣，與甜美的聲音朝他接近而來。

「你好像很無聊，交個朋友如何？一起玩嘛！這艘船上各種設備應有盡有，在靠岸前一直發呆也不是辦法，不痛快地大玩一場，實在很可惜哦！」

K氏回頭一看，只見一位年輕貌美的女士，儀態萬千地擺動著身子，站在一旁。

女人嗎？要是從前的他，一定會馬上飛奔過去，但如今不同了。他對任何事都失去了興趣，也失去了信任。特別是對女性，他已完全喪失了自信。

「謝謝妳特意邀請。船上每個人都很親切地招呼我，要我和他們一起玩樂，可是酒、賭博，和美女等等，這些東西我連看都覺得煩。」

▲註釋

① **デッキ**：【deck】甲板。

② **そろう**：【揃う】①一應俱全。②到齊。③整齊。在此為①的意思。

③ **うんと**：①（非常）多。②狠狠地、使勁地。在此為②的意思。

④ **くねる**：彎曲。

⑤ **せっかく**：①特意地。②難得地。③盡全力地。在此為①的意思。

こう言《い》い、やにわに①手《て》すりを乗《の》り越《こ》え、

「ねえ、お待《ま》ちなさいよ……」

という声《こえ》をあとに、またも海《うみ》に身《み》を投《な》げた。

「しっかりしなさい」

彼《かれ》は、その声《こえ》で目《め》をあける。またも身《み》を投《な》げたものの、またも助《たす》けあげられたらしい。もっとも、見《み》まわすと今度《こんど》は小《ちい》さな漁船《ぎょせん》で、話《はな》しかけているのは、その②持《も》ち主《ぬし》らしかった。

「なんだ。またまた拾《ひろ》われたのか。好意《こうい》はありがたいが、おれは死《し》ぬつもりだったんだ。どうして死《し》ねないのだろう。助《たす》けるな、と書《か》いた標識《ひょうしき》でも頭《あたま》につけてないと、死《し》ねないのかな」

K氏說著說著，突然跨越過欄杆……。

「喂，等等……！」

不顧女人的勸阻，K氏再次投身入海。

「喂！振作點！」

他因為這聲呼喚而睜開了雙眼。儘管他再度跳海，卻好像又被救上來了。不過，他仔細地環視四周後，發現這次是置身在一艘小型漁船裡，而和自己搭話的人，似乎是這艘船的主人。

「怎麼搞的，又被撈起來了嗎？多謝你的好意，但我是打算尋死的。為什麼總是死不了呢？難道頭上沒掛一面寫著『不要救我』的牌子，就死不了嗎？」

▲註釋

① **手《て》すり**：扶手、欄杆。

② **持《も》ち主《ぬし》**：擁有人、持有人。

「そうでしたか。だけど、またとは、どういう意味《いみ》です」

相手《あいて》は首《くび》をかしげる。

「じつは、さっき一回《いっかい》、豪華《ごうか》な遊覧船《ゆうらんせん》に拾《ひろ》われた。そこには、酒《さけ》、勝負事《しょうぶごと》、美人《びじん》、なんでもそろっていた。しかし、おれはそこから、また飛《と》びこんだのだ」

その説明《せつめい》にも、首《くび》をかしげたままだった。

「そうですか。しかし、そんな船《ふね》は見《み》たことがありません。わたしはこのへんで、ずっと漁業《ぎょぎょう》をしていますが」

「本当《ほんとう》なんだ。人《ひと》がたくさん乗《の》っていたぞ」

「あ、もしかしたら、船《ふね》の灯《ひ》が水《みず》にうつっていなかったのでは……」

「なんで、そんなことを聞《き》く。しかし、そういえば、飛《と》びこんでから眺《なが》めると、灯《ひ》が海面《かいめん》にうつらず、妙《みょう》に思《おも》った気《き》もするが」

「原來如此啊!可是，你說『又被撈起』是什麼意思呢?」

對方歪頭納悶。

「不瞞你說，我剛才也被一艘豪華的遊覽船救起。船上無論是美酒、賭博或美女，都樣樣齊全。但我還是從那艘船上跳了下來。」

K氏這番說明，也讓他感到疑惑。

「是嗎?但是，我從來都沒看過這種船啊!我一直都在這一帶捕魚的……。」

「是真的!上面還坐了許多人。」

「啊，會不會是……，船上的燈火有倒映在水中嗎?」

「怎麼問這種事?不過，經你這麼一說，我跳海後瞧了一眼，的確沒有看見映在水面的燈火，當時是覺得有點奇怪……。」

相手《あいて》は青《あお》くなり、声《こえ》がふるえた。

「そ、それなら幽霊船《ゆうれいせん》です。見《み》たことはありませんが、話《はなし》には聞《き》いています。海《うみ》の死《し》者《しゃ》を拾《ひろ》いあげ、あの世《よ》の港《みなと》に送《おく》りとどけるための。途中《とちゅう》で気《き》が変《かわ》らないように、①至《いた》れりつくせりのサービスだそうです。あなたは、ほんとに運《うん》のいい人《ひと》だ」

だが、K氏《し》は、

「そうだったのか。ちくしょう。それなら、あのまま乗《の》っていればよかったんだな。よし、おれはもう一回飛《いっかいと》びこみ、なんとかしてあれに乗《の》ろう」

と、身《み》を起《おこ》しかけた。しかし、①引《ひ》きとめられた。

「およしなさい。③むだですよ」

「なんで、むだなのだ」

中

對方的臉色蒼白了起來，聲音有些顫抖。

「那、那麼説來，是幽靈船沒錯。雖然不曾親眼看過，但有聽過它的傳聞。那艘船專門撈尋海中的死者，然後再把他們送到另一個世界的港口……。聽説為了不讓那些死者在途中改變心意，船上服務非常周到呢！你呀，真是位幸運兒！」

但K氏卻説：

「是這樣嗎？可惡！早知道就該一直待在船上。好吧，再跳一次，想辦法再登上那艘船。」

説完後，K氏站起身來，卻被漁夫阻止。

「算了吧！沒有用的。」

「為什麼？」

▲**註釋**

① **至《いた》れりつくせり：**【至れり尽くせり】無微不至，為慣用語。

② **引《ひ》きとめる：**①挽留。②制止。③拉住。在此為②的意思。

③ **むだ：**【無駄】①徒勞、沒有益處。②浪費。在此為①的意思。

「幽霊船《ゆうれいせん》から逃《に》げ出《だ》すと、あなたの名前《なまえ》は客船名簿《きゃくせんめいぼ》から①削《けず》られ、②当分《とうぶん》のあいだは乗《の》せてくれないそうです。つまり、死《し》なないわけですよ。いくら飛《と》びこんでも、だれかに助《たす》けられるにきまっているのです。あなたの場合《ばあい》は、死《し》ねない、といったほうがいいのでしょうがね」

▲註釋

① **削《けず》る：**①削、刨。②刪減、消除。
在此為②的意思。

② **当分《とうぶん》のあいだ：**目前一段時間。

中 「據說一旦逃出了幽靈船，名字就會從船客登記簿上剔除掉，會有好一段時間，不能再上船。也就是不會死。不管跳了幾次海，都會被某人救起。以你這情形，應該說是『死不了』還比較貼切吧。」

友《とも》を失《うしな》った夜《よる》

失去朋友的夜晚

09

友《とも》を失《うしな》った夜《よる》

春《はる》とはいえ、どことなく寒《さむ》さのただよう、ある夜《よる》であった。

深《ふか》いビルの谷間《たにま》のうえには、三日月《みかづき》が細《ほそ》く傾《かたむ》いていた。

窓《まど》のそばに立《た》って、そとを眺《なが》めていた老婦人《ろうふじん》は、

「坊《ぼう》や。こっちの部屋《へや》においで」

と、となりの部屋《へや》の孫《まご》に呼《よ》びかけた。

まもなく静《しず》かにドアが開《ひら》き、小《ちい》さな男《おとこ》の子《こ》が入《はい》ってきて言《い》った。

「おばあちゃん、どうなったの。まだ、だいじょうぶなの」

「どうだろうねえ。死《し》なないでくれるといいけどね。さあ、こっちへおいで。テレビをつけてみようね」

中

失去朋友的夜晚

某個時入春季，卻還飄著寒意的夜晚。

在深幽的高樓狹縫上空，掛著一彎如鉤的新月。

站在窗邊，眺望著窗外的老婦人喊道：

「孩子，來房裡一下。」

她出聲喚了人在隔壁房的孫子。

不久後，門悄悄地打開，小男孩走進房裡，說道：

「奶奶，怎麼樣了？現在還沒事吧？」

「不知道呢！希望不要死掉。來，到這兒來，我們打開電視看看。」

祖母《そぼ》はやわらかい椅子《いす》にかけ、そのひざの上《うえ》に孫《まご》を①招《まね》いた。孫《まご》は②おとなしくそれに従《したが》った。

いつもなら呼《よ》んでも遊《あそ》ぶのに③夢中《むちゅう》で、なかなか来《こ》ないのに、ここ数日《すうじつ》はちがっていた。たいていの男《おとこ》の子《こ》はこんな時間《じかん》には、宇宙生物《うちゅうせいぶつ》のオモチャに熱中《ねっちゅう》している。電《でん》気《き》じかけで壁《かべ》や天井《てんじょう》をはいまわる④オモチャ。彼《かれ》らはそれにむけて、手《て》の光線銃《こうせんじゅう》を射《う》つ。命中《めいちゅう》すると、怪物《かいぶつ》のオモチャが苦《くる》しそうな悲鳴《ひめい》をあげる遊《あそ》びなのだ。

しかし、このところ坊《ぼう》やは、その遊《あそ》びをしなかった。坊《ぼう》やばかりでなく、どこの家《いえ》の子供《こども》もそうだった。人類《じんるい》が親《した》しい友人《ゆうじん》を失《うしな》おうとしていることを、子供《こども》たちも感《かん》じとっているのだった。

祖母《そぼ》は、スイッチを入《い》れた。壁《かべ》の画面《がめん》が明《あか》るくなり、そこに荒々《あらあら》しい世界《せかい》が展開《てんかい》しはじめた。

中 祖母坐上柔軟的椅子，招呼孫子到她膝上來。孫子乖乖地聽從了她的話。

以前不管怎麼叫，沉迷於遊戲的孫子，總是不太來，但這幾天卻判若兩人。大部分的男孩在這段時間，都熱衷於一種稱作宇宙生物的玩具裡。這種玩具靠著電力作用，能在牆上或天花板上爬來爬去。男孩們會瞄準玩具，用光線手槍射擊。一旦命中目標，怪物玩具就會發出痛苦的哀鳴聲，這就是他們的消遣。

可是，最近小男孩不玩這個遊戲了。不僅是小男孩，每一家的孩子都是如此。因為這些孩子們也感受到，人類即將失去親密的朋友。

祖母打開電源。牆上的螢幕逐漸明亮，螢幕上出現了荒野的世界。

▲**註釋**

① **招《まね》く**：①揮手、招手。②邀請、招待。③招來、導至（不好的結果）。在此為①的意思。

② **おとなしい**：【大人しい】①（形容個性、態度）老實、溫馴、沉穩。②（形容設計、顏色）雅緻、樸素。在此為①的意思。

③ **夢《む》中《ちゅう》**：①熱衷、沉迷、忘我。②夢裡。在此為①的意思。

④ **オモチャ**：玩具。

「これ、なんていう映画《えいが》なの。あんまり見《み》たことのないのだね、おばあちゃん」

「これはね、ずっと昔《むかし》の映画《えいが》『ターザンの秘宝《ひほう》』というのだよ」

このごろは、テレビでこのような映画《えいが》を毎日《まいにち》のようにやっている。きのうは『インドの王子《おうじ》』というのだった。猛獣《もうじゅう》たちの声《こえ》、熱帯《ねったい》の木《こ》の葉《は》のざわめき。二人《ふたり》はしばらくのあいだ、古《ふる》い作品《さくひん》の①描《えが》き出《だ》す世界《せかい》に②身《み》をおいた。

やがて映画《えいが》は中断《ちゅうだん》され、③アナウンサーがかわって、臨時《りんじ》ニュースを伝《つた》えはじめた。

〈その後《ご》の④経過《けいか》を申《もう》しあげます。病状《びょうじょう》はあいかわらず⑤一進一退《いっしんいったい》をつづけておりますが、一時間《いちじかん》ほど前《まえ》から、だいぶ危険《きけん》な状態《じょうたい》となってまいりました。医師《いし》たちは酸素《さんそ》吸入《きゅうにゅう》、強心剤《きょうしんざい》などあらゆる方法《ほうほう》を⑥つくしております……〉

中

「奶奶，這是什麼電影？我好像不曾看過呢！」

「這個呀！這是一部很古老的電影，名叫『泰山的秘寶』。」

最近，電視每天都會播出這一類的電影。昨天播放的是「印度王子」。猛獸們的吼叫聲、熱帶樹葉的沙沙聲。祖孫兩人暫時沉醉在古老影片所描繪出的世界之中。

不久，電影被中斷，改由播報員開始播報插播新聞。

「為您報告之後的經過。病情依然是時好時壞，但在一個小時前，牠已經陷入了極危險的狀態。醫生們用盡了輸送氧氣、強心劑等一切辦法……。」

▲註釋

① **描《えが》き出《だ》す**：①描繪出來、展現出來。②想像出來。在此為①的意思。

② **身《み》をおく**：置身於（某種環境、立場、狀況之中）。

③ **アナウンサー**：【announcer】主播、播報員。

④ **経過《けいか》**：①時間的流逝。②（事後的）經過、過程。在此為②的意思。

⑤ **一進一退《いっしんいったい》**：時好時壞。

⑥ **つくす**：【尽くす】①竭盡、用盡。②為……效勞。③極端、極致。在此為①的意思。

坊《ぼう》やは目《め》を閉《と》じ、手《て》をあわせ、口《くち》のなかでなにかを言《い》った。祖《そ》母《ぼ》は①問《と》いかけた。

「坊《ぼう》や。なにをしてるのかい」

「うん。お祈《いの》りをしているんだ。どこの子《こ》も、やっているよ。どうか死《し》なないで、って」

「いい子《こ》たちだね。あのゾウもそれを知《し》ったら、きっとうれしがるよ」

テレビのアナウンサーの声《こえ》はつづいた。

〈……鼓動《こどう》がとぎれがちです。ここ数《すう》カ月《げつ》、なにも食事《しょくじ》をとっていませんので、もう絶望《ぜつぼう》かもしれません。あと数時間《すうじかん》のうちに、わたくしたち人類《じんるい》は、②よき友《とも》であったゾウを失《うしな》うことになるのです……〉

ニュースは終《おわ》り、ふたたび映画《えいが》のつづきがはじまった。孫《まご》は祖《そ》母《ぼ》に聞《き》いた。

中 小男孩闔上雙眼，雙手合十，口中唸唸有詞。祖母問道：

「孩子，你在做什麼？」

「我在祈禱。每個小孩都有祈禱哦！祈禱牠不要死掉。」

「你們真是好孩子。那隻大象要是知道了，一定會很高興的。」

電視上的播報員，繼續說道：

「……心跳不時中斷。由於這幾個月來，牠都不曾進食，或許已經沒有多大希望。再過不了幾個鐘頭，我們即將失去親密的朋友——大象……。」

新聞播報完畢，方才的電影再度接續下去。孫子問祖母：

▲**註釋**

① **問《と》いかける**：①提出疑問。②開始詢問。在此為①的意思。

② **よき**：好的，同「よい」。為日語文言的用法，詳細可另查「ク活用」和「シク活用」。

「むかしは、あんなにゾウがいたの」

「あんなに集《あつ》まっているのは、見《み》たことがないよ。あたしの子供《こども》のころには、もうずいぶん減《へ》っていたから」

「でも、本物《ほんもの》を見《み》たことは、あるんだね」

「ああ、動物園《どうぶつえん》というのがあってね、そこで二頭《にとう》だけ見《み》たよ。細《ほそ》く、やさしく、さびしそうな眼《め》をしていたよ」

「どんなにおいがした……」

「さあ、枯草《かれくさ》のようだったような気《き》がするよ」

「枯草《かれくさ》って」

孫《まご》は枯草《かれくさ》を知《し》らなかった。見《み》たことも、触《さわ》ったこともなかった。コンクリートの都市《とし》は加速度的《かそくどてき》に地上《ちじょう》にひろがり、草原《そうげん》などは目《め》のとどく所《ところ》には残《のこ》されていなかったのだ。

中

「以前有那麼多大象嗎？」

「沒看那麼一大群聚在一起的景觀。因為在我小的時候，大象已經大量減少了。」

「不過，有看過真的大象吧！」

「嗯！有座叫『動物園』的地方，我在那裡看過兩頭。牠們瘦瘦的、很溫馴，眼神好像帶了點孤寂的神色。」

「牠們身上有什麼味道……？」

「唔，我覺得牠們有一股枯草般的氣味。」

「枯草？」

孫子不曉得枯草是什麼，他不曾見過，也不曾摸過。水泥都市以加速度擴展於地面上，放眼望去，已不見草原之類的景色。

このような時代《じだい》の流《なが》れは、人間以外《にんげんいがい》の動物《どうぶつ》たちにとって不幸《ふこう》だった。問題《もんだい》になりはじめた時《とき》には、ゾウのようにからだの大《おお》きい動物《どうぶつ》は、その数《かず》がずいぶん少《すく》なくなっていた。

そして、問題《もんだい》になってから方策《ほうさく》がたてられるまでにも、時間《じかん》がかかった。人間《にんげん》に関《かん》する問題《もんだい》のほうが、いつも優先《ゆうせん》せ①ざるをえなかったのだ。やがて、手《て》はつけられたものの、ゾウたちにとっては、あまり住《す》み②心地《ごこち》のいいものではなかった。

清潔《せいけつ》な空気《くうき》、完全《かんぜん》な飼料《しりょう》、美《うつく》しい檻《おり》。このような一区画《いちくかく》に、残《のこ》ったゾウたちが集《あつ》められ、行《ゆ》きとどいた管理《かんり》がなされた。しかし、ゾウはやはり減《へ》りつづけたのだ。

「おばあちゃん。ゾウはなぜ、いなくなっちゃうの」

「ああ。きっとね、この地球《ちきゅう》の上《うえ》には、ゾウの好《す》きな場所《ばしょ》が、もうなくなってしまったからだろうね」

中 在這種時代的洪流下，對人類以外的動物來說，是極其不幸的。當開始演變成問題時，諸如大象這一類體積龐大的動物，就已經開始銳減了。

從出現問題到想出解決方針，花費了不少的時光。因為關乎於人類的問題，總是不得不最優先處理。不久後，對策雖是擬訂好了，但對大象而言，那並不是一處舒適的居住環境。

清新的空氣、完備的飼料、美麗的柵欄。殘餘下來的大象們，被集中在這塊特定的區域，受到無微不至的照料。然而，大象的數量依然持續減少。

「奶奶，大象為什麼會消失？」

「啊！一定是因為這個地球上，已經沒有大象們喜愛的地方了吧。」

▲註釋

① **~ざるをえない**：前加動詞・助動詞的未然形。表示不得不……。

② **心地《ここち》**：①表示感覺、心情。多以「着《き》心地《ごこち》（穿著的舒適度）」、「乗《の》り心地《ごこち》（乘坐的舒適度）」等構成複合語的方式使用，注意這時念法會變成「ごこち」。②想法、看法。③身體狀況欠佳。在此為①的意思。

「ゾウは、なにか悪《わる》いことをしたの」

「なにも悪《わる》いことはしないよ。人間《にんげん》と仲《なか》よく遊《あそ》ぶために、いたのだよ。だけど、このごろは人間《にんげん》があまり遊《あそ》んでくれなくなったので、ゾウは生《い》きている必要《ひつよう》を感《かん》じなくなったのだろうね」

「つまんないな。ぼくは大《おお》きくなったら、ゾウと遊《あそ》んであげてもいいんだがな」

「子供《こども》のころはだれでも、そう考《かんが》えるよ。だけど、大人《おとな》になると、ゾウのことなんか考《かんが》えもしなくなる。そんな時代《じだい》がつづいたので、ゾウもあの一頭《いっとう》になってしまったんだよ」

「病気《びょうき》のゾウは、いまなにを考《かんが》えているんだろうな」

「人間《にんげん》たちと、密林《みつりん》のなかを楽《たの》しくあばれまわった、先祖《せんぞ》たちのことだろうね。この映画《えいが》のように……」

「大象做了什麼壞事嗎？」

「不，牠們並沒有做壞事喔。牠們是為了與人類和平相處、一塊兒嬉戲而存在的。可是，人類最近都不太喜歡跟牠們玩了，所以大象覺得沒有生存的必要了。」

「真沒道理。我以後長大了，可以陪大象玩呀！」

「大家還是小朋友的時候都會這麼想。可是一旦長大成人，就不會再去想大象的事了。而這種情況一直如此持續下去，所以現在只剩下那一頭大象了。」

「現在那頭生病的大象在想什麼呢？」

「大概是想著與人類一起在叢林裡開心玩耍的祖先們吧！就像這部電影一樣……。」

祖母《そぼ》はテレビを指《ゆび》さした。その古《ふる》い映像《えいぞう》のなかでは、いま死《し》にかけているゾウの先祖《せんぞ》たちが、元気《げんき》に、何頭《なんとう》も山《やま》を越《こ》え、川《かわ》をわたっていた。栄光《えいこう》を示《しめ》すような、強《つよ》く明《あか》るい太陽《たいよう》のもとを。

ゾウたちは、鼻《はな》を振《ふ》り、樹《き》を倒《たお》し、叫《さけ》び声《ごえ》をあげた。①ありあまる力《ちから》が、画面《がめん》からあふれでてくるようだった。

坊《ぼう》やは食《く》いいるように見《み》つめていたが、祖母《そぼ》はべつのことを考《かんが》えていた。いま発展《はってん》をつづけている人類《じんるい》も、いつかは減《へ》り、ゾウと同《おな》じようにただ一人《ひとり》になってしまう時《とき》がくるかもしれないということを。そんな時《とき》に、その人《ひと》はどんな事《こと》を考《かんが》え、なにものが②見《み》まもってくれるのだろう。

またも映画《えいが》が中断《ちゅうだん》し、アナウンサーがかわった。

中 祖母指著電視的畫面。在這古老的影片裡，太陽彷彿在展示著象群們的榮耀，就在那耀眼的太陽下，正瀕臨死亡邊緣的大象的祖先們，一頭頭精神充沛地越過山頂，渡過溪流。

大象們揮動鼻子、推倒樹木、揚聲吼叫。過剩的精力好像透過畫面，傳了過來一般。

小男孩聚精會神地凝視著，但祖母卻開始想著別件事——目前不斷持續發展的人類，或許某天也會開始減少，少到跟大象一樣僅剩一人。到那個時候，那個人會想些什麼？又有什麼東西會在一旁看守著他呢？

電影再度中斷，轉為播報員的畫面。

▲註釋

① **ありあまる：**【有り余る】豐富、過多。

② **見《み》まもる：**【見守る】①守護、關注②凝視、注視。在此為①的意思。

〈お知《し》らせいたします。とうとう、手当《てあ》ての①かいもなく、ゾウは死《し》んでしまいました。人間《にんげん》にとって、長《なが》い長《なが》いあいだ親《した》しい友人《ゆうじん》であり、楽《たの》しい②ピエロであったゾウは、ついに絶滅《ぜつめつ》してしまったのです……〉

坊《ぼう》やはそれを聞《き》いて、③ぽつりと言《い》った。

「とうとう死《し》んじゃったんだね」

「そうだよ。動《うご》き、呼吸《こきゅう》し、喜《よろこ》んだりするゾウは、もうどこにもいなくなったんだよ」

そして、祖母《そぼ》はしばらく黙《だま》っていたが、夜《よる》がふけていることに気《き》がついた。

「さあ、もうおそいから、ベッドにおはいり」

「うん。ぼく、今夜《こんや》はゾウのぬいぐるみといっしょに寝《ね》ようかな」

中

「為您播報最新消息，由於治療的成效不彰，大象最終還是逝世了。對人類來說，長年以來大象一直是我們親密的朋友，快樂的丑角，如今已經絕種了……。」

小男孩聽到這項報導，嘟噥了一聲：

「最後還是死了。」

「對阿。會動、會呼吸、會開心的大象，哪裡都找不著了。」

祖母靜默了一會兒，接著發覺到夜已深了。

「好了！已經很晚了，該上床睡覺囉。」

「嗯！我今天晚上要跟大象玩偶一起睡嗎？」

▲註釋

① **かいない：【甲斐ない】**①毫無成效、沒有用。②不值得。③沒出息、不中用。在此為①的意思。

② **ピエロ：【pierrot】**小丑。

③ **ぽつり：**①形容水滴掉落的樣子，滴滴答答。②形容東西突然斷掉的樣子，啪嚓。③嘟噥、低語一句。在此為③的意思。

「ああ、そうしなさい」

坊《ぼう》やはドアから出《で》ていった。いま死《し》んだゾウはこの夜《よる》、世界《せかい》じゅうの子供《こども》たちの夢《ゆめ》にあらわれ、①別《わか》れを告《つ》げてまわるのだろう。

▲註釋

① **別《わか》れを告《つ》げる：**告別，為慣用語表現。

中

「好啊！一起睡吧！」

小男孩走出了房門。方才去世的大象，今晚大概會出現在全世界每個小孩的夢中，一一與大家告別吧。

来《らい》訪《ほう》者《しゃ》

天外訪客

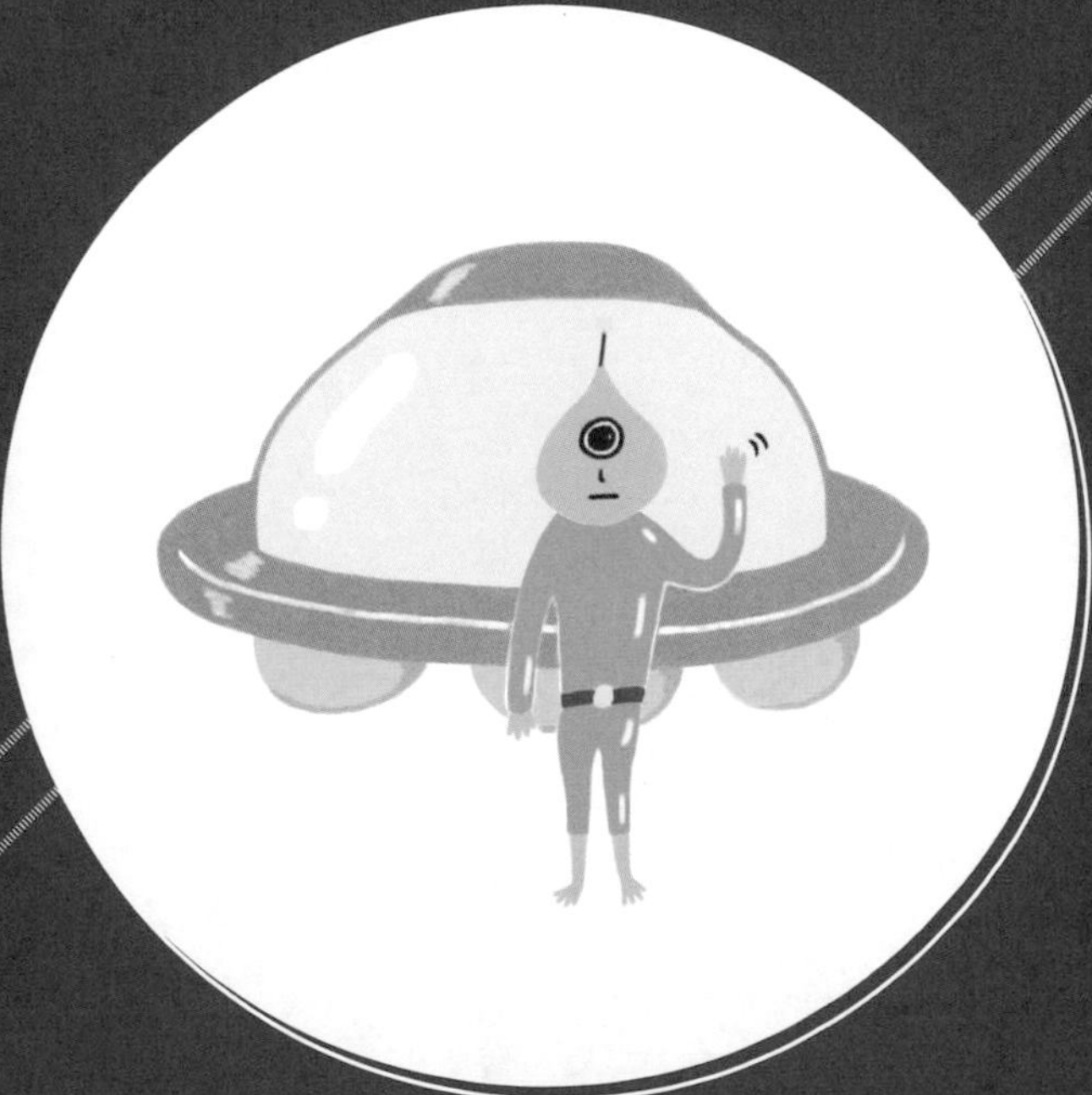

10

来訪者《らいほうしゃ》

青空《あおぞら》のなかから突然《とつぜん》あらわれた円盤状《えんばんじょう》の物体《ぶったい》は、日光《にっこう》をうけて銀色《ぎんいろ》に輝《かがや》きながら、ゆっくりと郊外《こうがい》の原《はら》っぱに着陸《ちゃくりく》した。

「大変《たいへん》だ。ほかの星《ほし》からだ」

「早《はや》く警察《けいさつ》へ知《し》らせろ。いや、軍隊《ぐんたい》だ。それとも外務省《がいむしょう》、いや、天文台《てんもんだい》かな」

群衆《ぐんしゅう》がそれを遠《とお》まきにして混乱《こんらん》を起《お》こしているうちに、物体《ぶったい》はふたたび静《しず》かに離陸《りりく》し上昇《じょうしょう》し、空《そら》のかなた、どこへともなく去《さ》っていった。

「あ、いってしまった。なんだ、これで終《お》わりか」

しかし、終《お》わりではなく、これがさわぎのはじまりだった。飛《と》び去《さ》ったあとに、残《のこ》されたものがあったのだ。

天外訪客

從藍天深處突然出現的圓盤狀物體，在陽光下發出銀色的光輝，緩緩地在郊外原野上著陸。

「不好了！那是從別座星球來的！」

「快報警！不！快通知軍隊！還是該通知外交部？不、天文台吧！」

當群眾遠遠地圍住它混亂不已之際，物體再度徐徐升高，並消失在天空的某處。

「哎，飛走了！什麼嘛！就這樣結束啦！」

但這並非結束，而是騷動的開端。因為當它飛走後，留下了一樣東西。

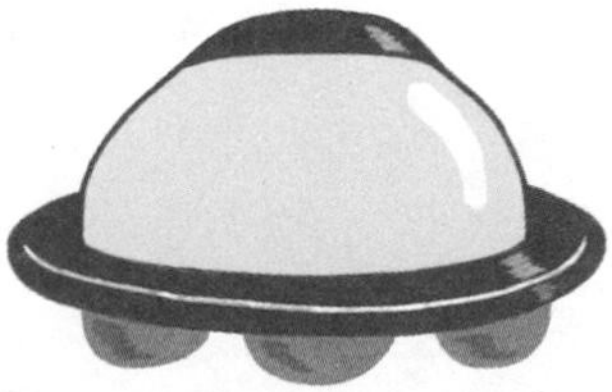

「みろ、あいつはだれだ」

と、みなが指《ゆび》さすところに、金色《きんいろ》の①スマートな服《ふく》をつけた人物《じんぶつ》がひとり、立《た》っていた。

「いまの物体《ぶったい》でやって来《き》た、どこかの惑星《わくせい》のやつにちがいない」

「なにしに来《き》たのだろうか」

だれもが、頭《あたま》に浮《う》かんだ不安《ふあん》を、まっさきに口《くち》に出《だ》した。

「もしや、地球《ちきゅう》に対《たい》する侵略《しんりゃく》の②前《まえ》ぶれでは……」

人類《じんるい》は長《なが》いあいだ、おたがいに侵略《しんりゃく》しあってすごしてきたので、異邦人《いほうじん》を見《み》たら侵《しん》略者《りゃくしゃ》と思《おも》えという意識《いしき》が、③しみついていた。

「しかし、たったひとりでか」

中

「看！他是誰？」

大家所指之處，站著一位身穿金色合身衣服的人。

「一定是乘坐剛剛那台物體來的外星人！」

「他是來做什麼的？」

大家馬上將浮現於腦海的不安說了出口。

「這難道是侵略地球的前奏……？」

人類長時間以來，一直是互相侵略著彼此活到現在。

因此養成了看到異邦人就視為侵略者的習慣。

「可是，他只有一個人啊！」

▲註釋

① **スマート：**【smart】①（身材、形狀）苗條、纖細。②（動作）簡潔、俐落。③（衣著）時髦、合身。在此為③的意思。

② **前《まえ》ぶれ：**【前触れ】①事先預告。②前兆、預兆。在此為②的意思。

③ **しみつく：**【染付く】①沾染到顏色或氣味。②養成～習慣。在此為②的意思。

「あんなすばらしい飛行物体《ひこうぶったい》を作《つく》り、①操《あやつ》ってきたやつだ。科学力《かがくりょく》さえあれば、ひとりで充分《じゅうぶん》なのだろう。恐《おそ》ろしいことが起《おき》るぞ」

不安《ふあん》と恐怖《きょうふ》が②みなぎっている時《とき》に、やっと、最新式《さいしんしき》の装備《そうび》をもった軍隊《ぐんたい》が到着《とうちゃく》した。

「市民《しみん》のみなさんは、退避《たいひ》して下《くだ》さい。あなたがたの安全《あんぜん》をまもるのが、われわれの義務《ぎむ》です」

③胸《むね》のすくような統制《とうせい》のもとに、防毒《ぼうどく》・対放射能服《たいほうしゃのうふく》に④身《み》を固《かた》めた若《わか》い兵士《へいし》たちが、⑤きびきび活動《かつどう》した。レーダーで照準《しょうじゅん》がつけられ、火炎放射器《かえんほうしゃき》、ミサイルのねらいが集中《しゅうちゅう》した。あとは、攻撃《こうげき》の命令《めいれい》を待《ま》つばかり。しかし、その命令《めいれい》はなかなかこなかった。上層部《じょうそうぶ》での決定《けってい》が、⑥長《なが》びいていたのだ。

「早《はや》く、不安《ふあん》のもとを⑦とり除《のぞ》こう。不法侵入《ふほうしんにゅう》をやっつけるのに、遠慮《えんりょ》はいらぬ」と積極論《せっきょくろん》。

中 「但那傢伙能製造，並且操控那種性能優異的飛行物體啊！只要靠科技，一個人便足夠了吧。看來會發生什麼可怕的事啊！」

當不安與恐懼來到最高潮之時，配備最新裝備的軍隊才姍姍來遲。

「請各位市民退後，我們有義務保護各位的安全！」

令人為之一振的管制下，穿著防毒．防輻射能裝的年輕士兵們，身手俐落地展開行動。他們先用雷達瞄準後，再將火焰噴射器及導彈都朝向那個外星人，萬事俱備，現在只待攻擊的指令。但指令卻遲遲未下達，因高層們一直遲遲不決。

「快剷除不安的根源吧！對付不法入侵者，不必顧慮那麼多！」此為積極者的論調。

▲註釋

① **操《あやつ》る**：①操弄、操作（機器或人偶）。②控制、操控（人心）。在此為①的意思。

② **みなぎる**：【漲る】①溢滿、漲滿（水位）。②充滿、瀰漫（某種力量或情感）。在此為②的意思。

③ **胸《むね》の（が）すく**：心裡感到暢快。

④ **身《み》を固《かた》める**：①結婚成家。②穿戴整齊。為慣用語表現，在此為②的意思。

⑤ **きびきび**：俐落、爽快。

⑥ **長《なが》びく**：【長引く】拖延、拖長。

⑦ **とり除《のぞ》く**：【取り除く】去除。

「いや、平和《へいわ》の使節《しせつ》だろう。攻撃《こうげき》は中止《ちゅうし》して、包囲《ほうい》をとこう」と平和論《へいわろん》。

「両方《りょうほう》の説《せつ》にも一理《いちり》あるが、ここは慎重《しんちょう》を期《き》さねばならぬ。あれが①巧《たく》みな②ワナで、あいつをやっつけると、それをきっかけに、大挙《たいきょ》して押《お》しよせてくるかもしれない。よくある手《て》だ。挑発《ちょうはつ》に乗《の》ってはいかん。といって、③手《て》ばなしで近《ちか》よるのも危険《きけん》だ。警戒《けいかい》しながら話《はな》しかけてみよう」

この最《もっと》も地球人的《ちきゅうじんてき》な意見《いけん》が、大勢《おおぜい》を支配《しはい》した。警戒《けいかい》はとかれなかったが、そのなかを有能《ゆうのう》な外交官《がいこうかん》が進《すす》みでた。そして、みなの期待《きたい》のもとに、まず他星人《たせいじん》にこう話《はな》しかけた。

「わたしの言葉《ことば》が、おわかりでしょうか」

他星人《たせいじん》は、首《くび》をたてに動《うご》かした。これに④勢《いきお》いをえた外交官《がいこうかん》は、満面《まんめん》に笑《え》みをたたえて話《はな》しかけた。

中 「不！他可能是和平使者。應該停止攻擊，撤下包圍！」這是和平論者的說法。

「雙方的說法都有理，但還是應該慎重些。那或許是個巧妙的陷阱，要是消滅那傢伙，外星人可能會藉故大舉入侵。這是很常見的手法。我們不能受其挑釁，但也不能毫無戒備地接近，應該一面防備，一面和他交涉。」

這個最能代表地球人的意見，支配了大局。雖然警戒尚未解除，但其中有位手腕極高的外交官挺身而出。於是，在群眾的期待下，他對那外星人說：

「您能了解我的語言嗎？」

外星人點點頭。受到這鼓舞，外交官的臉上露出笑容。他說：

▲註釋

① **巧《たく》み：**做形容詞時表示①精密、巧妙。做名詞時表示。②技術、技巧。③詭計、記謀。在此為①的意思。

② **ワナ：**【罠】陷阱。

③ **手《て》ばなし：**【手放し】①把手放開。②擱下、放下（手中的要事）。③毫不顧忌、盡情。在此為①的意思，並引申為空手、毫無戒備。

④ **勢《いきお》いをえる：**【勢い得る】如魚得水。

「この地球《ちきゅう》へ、ようこそおいで下《くだ》さいました。おそらく、友好《ゆうこう》を求《もと》めておいでになったことと存《ぞん》じます。それはわたしどもも、望《のぞ》むところ。わが地球《ちきゅう》も、文明《ぶんめい》の点《てん》ではあなた方《がた》に①劣《おと》ってはおりましょうが、平和《へいわ》と文化《ぶんか》を限《かぎ》りなく愛《あい》する点《てん》では、宇宙《うちゅう》のどの星《ほし》にも劣《おと》らないでございましょう。よろしくご交際《こうさい》を。なにかご希望《きぼう》がございましたら、このわたしを通《つう》じて。そもそも……」

外交官《がいこうかん》は②男《おとこ》をあげるのはこの時《とき》とばかり、③そりかえり、汗《あせ》をふき、にこにこ笑《わら》い、突如《とつじょ》として頭《あたま》を下《さ》げ、熱意《ねつい》を④ぶちまけた。

いっぽう理性《りせい》を保《たも》とうともつとめ、⑤かつ⑥くどくどとしゃべりつづけ、そして、ついに声《こえ》がかれた。だが、その時《とき》、他星人《たせいじん》の首《くび》は静《しず》かに横《よこ》にふられ、外交官《がいこうかん》は⑦すごすごと引《ひ》きさがった。

「ほれみろ。⑧役人《やくにん》にまかせておいたって、なにができるものか。交際《こうさい》はわれわれ民間《みんかん》の手《て》に、まかせてもらおう」

中

「歡迎來到地球。相信您是來尋求友好的，而這也正是我們所期盼的。我們地球，在文明方面可能比不上貴星球，但在愛好和平與文化方面，卻不亞於宇宙任何星球。希望我們能建立友誼。如果有什麼要求，可以透過我來傳達，畢竟……。」

外交官認為這是表現自我的最佳機會，他挺起胸膛，拭去汗水，笑容可掬，時而低頭，以表盛情。

同時他也保持理性的態度，滔滔不絕地說個不停，最後他終於聲嘶力竭。然而，這時外星人卻緩緩搖頭，外交官沮喪地後退。

「看吧！就算交給官員，也搞不出什麼名堂。交際方面，還是交給我們民間團體吧！」

▲註釋

① **劣《おと》る**：劣於、遜色、不如。

② **男《おとこ》をあげる**：【男を上げる】展現自我、做面子。

③ **そりかえる**：【反り返る】①折彎。②抬頭挺胸。在此為②的意思。

④ **ぶちまける**：【打ちまける】①傾倒一空、倒出來。②傾吐、全盤托出。在此為②的意思。

⑤ **かつ**：並且……也……。

⑥ **くどくど**：冗長地、囉嗦地。

⑦ **すごすご**：沮喪地、失望地。

⑧ **役人《やくにん》**：①官員、公務員。②演員。在此為①的意思。

こう言《い》い出《だ》したのは、いままでのようすから、他星人《たせいじん》に敵意《てきい》がなさそうだと①すばやく感《かん》じとった、経済団体《けいざいだんたい》の幹部《かんぶ》たち。

「そうだ。あの他星人《たせいじん》は、貿易《ぼうえき》のために来《き》たのにきまっている。どの星《ほし》の生物《せいぶつ》だって、生活《せいかつ》の②向上《こうじょう》を願《ねが》わないはずはないからな」

③さっそく、立《た》ちつづけている他星人《たせいじん》の前《まえ》で、自動車《じどうしゃ》のパレードがはじめられた。もちろん、その上《うえ》にはあらゆる商品《しょうひん》が陳列《ちんれつ》されてあった。

実業家《じつぎょうか》たちは、どの商品《しょうひん》がお気《き》に召《め》すかと、緊張《きんちょう》をつづけて見《み》まもったが、他星人《たせいじん》がうなずくことなくパレードは終《おわ》り、終《おわ》ったところで、またも首《くび》が横《よこ》にふられた。

いったい、なんのために地球《ちきゅう》に来《き》たのだろう。人《ひと》びとの疑問《ぎもん》と不安《ふあん》は、さらに深《ふか》くなった。このような状態《じょうたい》こそ、新興宗教《しんこうしゅうきょう》の活躍《かつやく》の舞台《ぶたい》となる。いままでぶつぶつ言《い》っていた連中《れんちゅう》が、のりだしてきた。

中 說出這番話的是某經濟團體的幹部們，他們由目前的情況，馬上判斷出外星人似乎沒有敵意。

「對了！那個外星人一定是為了貿易而來的！不管是哪座星球的生物肯定都期盼能提高生活品質的呀！」

他們馬上在佇立於原地的外星人面前，展開了一場汽車遊行。當然，那些汽車上均陳列著各種商品。

實業家們緊張地留意對方會喜歡哪種商品，但直到遊行結束，外星人始終未點頭，最後甚至還搖了搖頭。

他到底，是為了什麼目的才來地球的？人們的疑惑與不安更深了。而這種狀態正適合新興宗教宣揚理念，從剛剛就在一旁碎念的人們，紛紛走上前。

▲註釋

① **すばやい：**【素早い】①（動作）敏捷、快速。②（頭腦）機伶、反應很快。在此為②的意思。

② **向上《こうじょう》：**提高、提升。

③ **さっそく：**【早速】馬上、立刻。

「だから、われわれがはじめから言《い》っていたではないか。あのかたは、神《かみ》が地上《ちじょう》につかわされた、ありがたい使者《ししゃ》なのだ。それをなんだ。対等《たいとう》のつもりになって、やあ仲《なか》よくしましょうと、にやにやしたり、ひとつ取引《とりひ》きといこうと、品物《しなもの》を並《なら》べたてたり。①ばちが当《あた》るぞ。恥《は》ずかしくてたまらなかった。いまからでもおそくない。②ひれ伏《ふ》して、罪《つみ》をわびようではないか」

この意見《いけん》に対《たい》して、反対《はんたい》する根拠《こんきょ》はなかった。人類《じんるい》は③試行錯誤《しこうさくご》をくりかえしながら、ここまで発展《はってん》してきたのだ。なにごともやってみるに限《かぎ》る。

選手《せんしゅ》は④交代《こうたい》し、信者《しんじゃ》たちは他星人《たせいじん》の前《まえ》にひれ伏《ふ》し、熱心《ねっしん》な長《なが》い祈《いの》りをささげはじめた。神《かみ》よ、われら⑤愚《おろ》かにして、⑥あわれなる人類《じんるい》の罪《つみ》を許《ゆる》し⑦たまえ。救《すく》いたまえ。導《みちび》きたまえ。

しかし、問題《もんだい》の他星人《たせいじん》は、しばらくすると無表情《むひょうじょう》な首《くび》を横《よこ》にふった。これを見《み》て、勢《いきお》いこんだ男《おとこ》が現《あら》われた。

中 「所以啊，我們不是一開始就說過了嗎？那位是神派遣到地球的尊貴使者呀！你們把祂當成什麼了！竟以對等的姿態，笑咪咪地想謀求友誼。還把商品都擺出來，想和祂做交易。這樣可是會遭天譴的！實在叫人羞恥難堪，現在還來得及，大家趕快跪地請求恕罪！」

沒有確切的理由好反對這個意見。人類是不斷嘗試錯誤才發展到今天的。任何事都不妨一試。

於是更換了交涉的代表人選，信徒們跪伏在外星人面前，開始冗長而虔誠的祈禱：神啊！請寬恕我們這些愚昧、可憐的人類！請拯救我們！引導我們！

可是，那關鍵的外星人，過了一會兒後又毫無表情地搖頭。有個男人見狀，興致勃勃地跳出來。

▲**註釋**

① **ばちが当《あた》る**：遭天譴、受到懲罰。

② **ひれ伏《ふ》す**：【平伏す】趴地、跪拜。

③ **試《し》行《こう》錯《さく》誤《ご》**：不斷摸索、反覆測試。

④ **交《こう》代《たい》する**：交替、交接。

⑤ **愚《おろ》か**：愚蠢的、愚昧的。

⑥ **あわれなる**：【哀れなる】①悲傷、難過的。②可憐的、悽慘的。在此為②的意思。補充：日語古文中，形容動詞分為「ナリ活用」與「タリ活用」兩種，常見於文章體。在此為「ナリ活用」的連體形，例：静《しず》かなる（寧靜的）。

⑦ **～たまえ**：前加動詞連用形，表示命令。主要由男性使用。

「なんだ。この軽率《けいそつ》なやつらめ。常識《じょうしき》のないのにも、ほどがある。問題《もんだい》は、すなおに考《かんが》えればいいのだ。遠《とお》い国《くに》にひとりで行《い》って孤独《こどく》を感《かん》じた時《とき》、まず欲《ほ》しくなるのは、なんだ。だれにでも、すぐわかることだ。セックスにきまっている。ほかの星《ほし》の連中《れんちゅう》だって、生物《せいぶつ》であるからには同《おな》じことだ。それを神《かみ》さま①あつかい。満足《まんぞく》するわけがない。人《ひと》を②もてなすには、相手《あいて》の立場《たちば》に立《た》って考《かんが》えるのが一番《いちばん》だ。おれにまかせろ」

こう天才的《てんさいてき》な発言《はつげん》をした男《おとこ》は、どこからかすばらしい肉体《にくたい》を持《も》った美人《びじん》たちを連《つ》れて来《き》た。おそらく、大金《たいきん》を投《とう》じて③因果《いんが》をふくめたのだろう。そして、うまく相手《あいて》に④とり入《い》ることができれば、そんな金《かね》もたちまち回収《かいしゅう》がつくという計算《けいさん》だったろう。

魅惑的《みわくてき》な音楽《おんがく》がはじめられ、そのなかで美人《びじん》たちは服《ふく》をぬぎ、悩《なや》ましげな歩《あゆ》みで他星人《たせいじん》の前《まえ》に進《すす》んだ。それにもかかわらず、またも首《くび》は横《よこ》にふられた。

中 「搞什麼！你們這些不用大腦的傢伙！再怎麼沒常識也該有個限度。問題應該想得單純些！隻身一人來到遙遠的異國，感到孤獨時會先想要什麼？答案相當明顯，當然是性的慰藉。即使來自其他星球，只要是生物，道理都一樣。別把他當神來對待，他不會滿意的。想款待人，就應該站在對方的立場著想才對。交給我吧！」

提出這天才發言的男人，不知從何處找來了一群身材妖豔的美女。看來他是用重金促使對方答應的吧。他似乎是看準，只要能討好外星人，應該很快就能收回本錢。

開始響起迷人的樂聲，在樂聲之中，美女褪去了衣裳，以誘人的姿態走向外星人。然而，對方再度搖頭。

▲註釋

① **あつかい：**【扱い】①看待、當成。例：子供《こども》扱《あつか》い（當成小孩）。②處理。③待遇。在此為①的意思。

② **もてなす：**①招待、請客。②接待、對待。在此為②的意思。

③ **因果《いんが》をふくめる：**解釋前因後果，使人理解、看開。

④ **とり入《い》る：**【取り入る】巴結、討好。

「や、うまくいきませんな。これはわたしの、ちょっとしたかんちがい。だが、根本《こんぽん》的《てき》な考《かんが》えちがいをしていたわけではありません。あの他星人《たせいじん》の性別《せいべつ》を、かんちがいしていただけです。相手《あいて》が男性《だんせい》でないとわかったから、女性《じょせい》にちがいありません。この論《ろん》理的《りてき》な判断《はんだん》①にもとづき、つぎの行動《こうどう》を開始《かいし》します。さいわいわたしは美男子《びだんし》で、すばらしい肉体《にくたい》の持《も》ち主《ぬし》でもあります」

さらに高《たか》まる音楽《おんがく》のなかで、彼《かれ》は服《ふく》をぬぎ、筋肉《きんにく》を誇《ほこ》らしげに見《み》せびらかし、酒《さけ》をついだグラスを手《て》に、②ウインクを連発《れんぱつ》しながら進《すす》みでた。だが、他星人《たせいじん》はまたも無表《むひょう》情《じょう》のまま首《くび》をふった。ついに人類《じんるい》の③知恵《ちえ》も、④出《で》つくした感《かん》があった。

その時《とき》。まじめそうな少年《しょうねん》が、ハンマーを片手《かたて》に進《すす》みでた。

中「咦？怎麼沒效？啊，是我的小失誤！不過基本方向是沒錯的，我只是搞錯了外星人的性別而已。既然對方不是男性，那肯定就是女性了，依照這個判斷，我要採取下一個行動了。幸好，我本人是名美男子，身材也相當健美。」

在更加激昂的樂聲中，他脫下衣服，誇耀地展現身上的肌肉，拿著注滿酒的酒杯，一面送出秋波一面向前走去。但外星人依舊木然地搖頭。至此，人類的智慧似乎已經用罄。

這時，有個神情嚴肅的少年，手持鐵鎚走到前面來。

▲註釋

① **～にもとづく：**【～に基づく】基於……、根據……。

② **ウインク：**【wink】眨眼。

③ **知恵《ちえ》：**智慧、主意、辦法。

④ **出《で》つくす：**【出尽くす】全拿出來、全使出來。

「なんという、ばかばかしい騒《さわ》ぎなんだ。ぼくは人類《じんるい》として生《う》まれたのが、恥《は》ずかしくなった。いや、人類《じんるい》が存在《そんざい》していることさえ、がまんができない。①いっそ、滅亡《めつぼう》してしまったほうがいいんだ」

と、わけのわからぬことを純真《じゅんしん》な声《こえ》で叫《さけ》びながら、かけよった。

「まて、なにをする」

人《ひと》びとは制止《せいし》しようとしたが、あまりに突然《とつぜん》だったので、まにあわなかった。ふり下《おろ》されたハンマーは他星人《たせいじん》の頭《あたま》に当《あ》たり、そいつはばったり倒《たお》れた。

「ああ、とんでもないことをしてくれた。これでどんな恐《おそ》ろしい結果《けっか》がもたらされるか、考《かんが》えただけでも、②気《き》が遠《とお》くなる」

少年《しょうねん》は引《ひ》きたてられ、かわりに最高級《さいこうきゅう》の名医《めいい》が③招集《しょうしゅう》された。

「なんとか早《はや》く手当《てあ》てしてくれ。もしものことがあったら、大変《たいへん》なことになる」

中

「真是場愚昧的騷動！我簡直羞為人類！不、我甚至無法忍受人類的存在！乾脆滅亡算了！」

他一面語無倫次地叫喊，一面衝向外星人。

「等一下！你想幹什麼？」

人們想制止他，卻因為事出突然，根本來不及。只見那把鐵鎚朝外星人的頭上揮去，外星人應聲而倒。

「啊！你看你做了什麼好事！光是想到這會帶來多可怕的後果，我就快暈倒了！」

那名少年被拖下去後，一群技術高超的名醫馬上被召到現場。

「請你們快設法救他！如果外星人有個三長兩短，後果恐怕不堪設想。」

▲註釋

① **いっそ：**寧可、不如、乾脆。

② **気《き》が遠《とお》くなる：**失去意識。

③ **招集《しょうしゅう》する：**召集。

しかし、集《あつま》った名医《めいい》たちは、診察《しんさつ》をおえて首《くび》をかしげた。

「とても、わたしたちの手《て》にはおえません」

「そんなことをおっしゃられては、困《こま》ります。全人類《ぜんじんるい》が攻撃《こうげき》されるかどうかの、①せとぎわなのですよ」

「だが、わたしたちには無理《むり》ですよ。これはロボットですからね」

「えっ。なんですって」

「ごらんなさい、この目《め》を。これは精巧《せいこう》な小型《こがた》テレビカメラです。ほら、これが②アンテナ。きっと、いままでの③シーンを、どこかに送信《そうしん》していたのでしょう」

緑色《みどりいろ》の光《ひかり》の太陽《たいよう》の下《した》の、この惑星《わくせい》では、④どこもかしこも爆発的《ばくはつてき》な笑《わら》いの渦《うず》でおおわれていた。

中

然而，聚集而來的名醫們，結束診斷後均歪頭苦惱。

「這我們沒辦法處理。」

「您這樣我們會很困擾的！這可是關乎到全人類是否會遭受攻擊的關鍵啊！」

「但我們真的無能為力，因為它是機器人呀。」

「咦？你說什麼？」

「看！它的眼睛是精巧的小型電視攝影機。而這是天線。它一定把剛才那些畫面傳送到某處去了。」

在發出綠色光芒的太陽下，這座行星到處都陷入了爆笑之中。

▲註釋

① **せとぎわ：**【瀬戸際】緊要關頭。

② **アンテナ：**【antenna】天線。

③ **シーン：**【scene】①（電影、小說）情節、情景。②景色、風景。③領域。在此為②的意思。

④ **どこもかしこも：**到處。

「……①思《おも》いがけず、劇的《げきてき》な幕切《まくぎ》れになってしまいました。というわけで、毎回《まいかい》②ご好評《こうひょう》を博《はく》しておりますテレビ番組《ばんぐみ》『星《ほし》めぐり』でございました。きょうは、その住《じゅう》民《みん》たちが地球《ちきゅう》と呼《よ》んでいる惑星《わくせい》からの③実況中継《じっきょうちゅうけい》でした。あの住民《じゅうみん》たちの珍《めずら》しい考《かんが》え方《かた》、風習《ふうしゅう》などに接《せっ》することができ、きっとみなさまのお気《き》にめしたことと思《おも》います。では次回《じかい》……」

中

「……沒想到會有如此戲劇化的結果。以上，是深受好評的電視節目『星球探訪』。今天是從名叫地球的行星所做的實況轉播。能夠了解到當地居民獨特的思考模式和風俗習慣，我相信各位一定相當滿意！那我們下次再見……。」

▲註釋

① **思《おも》いがけない**：意想不到。

② **高評《こうひょう》を博《はく》す**：獲得好評，為慣用語用法。

③ **実況中継《じっきょうちゅうけい》**：實況轉播。

暑《あつ》さ

悶熱

11

暑《あつ》さ

夏《なつ》の日《ひ》の午後《ごご》。①むし暑《あつ》さを含《ふく》んだ空気《くうき》は、少《すこ》しの風《かぜ》さえも起《おこ》そうとせず、じっと立《た》ちどまったままだった。物《もの》かげの犬《いぬ》は、②だらしなく③寝《ね》ころんだまま動《うご》こうともせず、街角《まちかど》にある大《おお》きなキリの木《き》も、一枚《いちまい》の葉《は》さえゆらさなかった。

そして、その木《き》の下《した》にある交番《こうばん》のなかでも、巡査《じゅんさ》が小《ちい》さな机《つくえ》にむかったまま、なにか書類《しょるい》に目《め》をやっていたが、この暑《あつ》さはその内容《ないよう》を彼《かれ》の頭《あたま》には入《い》れさせはしない。

どこからともなく、おとなしそうな若《わか》い男《おとこ》が現《あら》われ、交番《こうばん》の前《まえ》に立《た》った。暑《あつ》い空気《くうき》が④うみ出《だ》したようにも見《み》えた。その男《おとこ》は交番《こうばん》のなかにむかって、声《こえ》をかけた。

「あのう、わたしをつかまえていただくわけには、いかないものでしょうか」

巡査《じゅんさ》は、ゆっくりとふりむいた。

悶熱

某個夏日的午後，那悶熱的空氣，絲毫沒有要起風的跡象，僅滯留於原地。陰影下有隻狗懶懶地睡在那兒，動也不動，連街角的大桐樹，滿樹的葉子也一樣動也不動。

而樹下的派出所也同樣毫無生氣，警察坐在小小的桌前，正看著某份文件，但在這種悶熱的天氣裡，文件的內容根本無法進到他的腦海中。

不知從哪冒出了一位外表溫順的男子，他站在派出所前。空氣似乎又更加悶熱了，那男子對著派出所嚷說：

「請問，能逮捕我嗎？」

警察緩緩地回過頭。

▲註釋

① **むし暑《あつ》さ：**【蒸し暑さ】悶熱。

② **だらしない：**①凌亂、懶散。②沒有節制、不檢點。③不爭氣、沒出息。在此為①的意思。

③ **寝《ね》ころぶ：**【寝転ぶ】隨意躺下。

④ **うみ出《だ》す：**【生み出す】①生產、分娩。②創造出、產出。③產出（利益）。在此為②的意思。

「え、なんですって。まあ、その椅子《いす》にかけて話《はな》したまえ」

と、そばの①古《ふる》ぼけた椅子《いす》を指《ゆび》さした。

「はあ、わたしの話《はなし》を聞《き》いていただけましょうか。そして、わたしをつかまえてはいただけませんか」

「ははあ、自首《じしゅ》ですか。お話《はなし》によっては、本署《ほんしょ》に来《き》ていただくことにもなるでしょう。ところで、なにをなさったのです」

と、巡査《じゅんさ》は少《すこ》し身構《みがま》えるような姿勢《しせい》になった。

「いいえ、まだ、なにもしておりません」

「では、だれかをおどすようにたのまれたとか、傷《きず》つけるようひとにたのんだとでも」

「いいえ、わたしの言《い》いたいのは、そんなことではありません。いまにも、自分《じぶん》がなにかをしそうなのです」

中

「什麼？你說什麼？嗯……你先進來坐著再說。」

警察說完後，指著身旁那張又老又舊的椅子。

「好，可以請您聽我說嗎？聽完可以逮捕我嗎？」

「啊哈！你是來自首的嗎？要照你的說詞而定，說不定會請你到中央警察署去，你到底做了什麼？」

警察正襟肅容地說。

「不！我什麼都還沒做。」

「哦！那是有人託你去恐嚇別人，或是你委託了誰去害人嗎？」

「不，我要說的不是這個，只是覺得現在自己好像要做某件事了。」

▲註釋

① 古《ふる》ぼける：變得破舊、老舊。

巡査《じゅんさ》は汗《あせ》をふき、首《くび》をかしげ、それから目《め》と口《くち》もとに独特《どくとく》な笑《わら》いを浮《う》かべた。

「ああ、そうですか。こう暑《あつ》くては①無理《むり》もありません。自分《じぶん》が、なにかとんでもないことをはじめそうに感《かん》じるのでしょう。時《とき》どき、そんな②訴《うった》えがありますが、その心配《しんぱい》はありませんよ。帰《かえ》って昼寝《ひるね》でもなさればなおりましょう。それに、われわれとしては事件《じけん》が起《おこ》らないうちは、どうしようもないのです。いかに、殺《ころ》してやる、と叫《さけ》んでいる者《もの》があっても、その動《うご》きがないうちは逮捕《たいほ》しようがありません」

若《わか》い男《おとこ》は、汗《あせ》をふこうともせず、こうぽつりと言《い》った。

「ちょうど一年前《いちねんまえ》の、こんな暑《あつ》い日《ひ》。わたしは殺《ころ》したんです……」

巡査《じゅんさ》はこれを聞《き》いて緊張《きんちょう》した。

「え。なぜ、それを早《はや》く言《い》わない。だれを殺《ころ》したんだ」

中 警察擦擦汗，歪著頭，接著眼尾和嘴角均露出一抹獨特的笑容。

「哦！原來如此。天氣這麼悶熱這也難怪，自己好像要做出什麼壞事的感覺對吧？偶爾會有這種情況，但你不必擔心！只要回家睡個午覺就沒事了。而且，就我們的立場而言，只要事件尚未發生，我們也是無法處理的。就算有大喊『我要殺了你』的人，只要他沒採取行動，我們也沒辦法逮捕他。」

年輕男子沒打算拭去額頭上的汗珠，喃喃地說：

「正好在一年前，就在這種悶熱的日子裡，我殺了那傢伙……。」

警察聞言，神色緊張了起來。

「什麼！你怎麼不早說，你殺了誰？」

▲註釋

① **無理《むり》**：①不合理、沒道理。②為難、沒辦法。③硬逼、勉強、強制。在此為①的意思。

② **訴《うった》え**：①訴訟、控告。②訴求、訴說。在此為②的意思。

「サルです。わたしの①飼《か》っていたサルを」

と、男《おとこ》が答《こた》え、巡査《じゅんさ》は緊張《きんちょう》をといた。

「きみ、自分《じぶん》の飼《か》っていたサルを殺《ころ》したって、べつに自首《じしゅ》するには②及《およ》ばないんだよ。しかも、一年前《いちねんまえ》の話《はなし》を、なんで今《いま》ごろ③持《も》ちこむんだね。そういう訴《うった》えなら、この先《さき》の右側《みぎがわ》に神経科《しんけいか》の病院《びょういん》があるから、そっちへいってもらいたいね」

「わたしの頭《あたま》がおかしい、とお考《かんが》えなのでしょうね。だが、いままでに何回《なんかい》か診察《しんさつ》してもらいました。そして、少《すこ》しもおかしい所《ところ》はないと言《い》われているのです」

「なにも事件《じけん》を起《お》こさず、頭《あたま》もおかしくない。そんな人《ひと》を逮捕《たいほ》することは、できないのですよ。なにも憲法《けんぽう》や法律《ほうりつ》を持《も》ちださなくても、常識《じょうしき》でわかることでしょう」

「それは知《し》っています。だけど、わたしの話《はなし》をひと通《とお》り聞《き》いていただけましょうか」

中

「猴子，我養的猴子。」

他如此回答後，警察才卸下了緊張的情緒。

「就算你殺了自己養的猴子，也沒必要自首啊。而且為什麼現在才提起一年前的事呢？如果是這一類的訴求，前方右側有間精神病院，請你去那裡說吧！」

「您是覺得我腦袋有問題嗎？可是我已經去看診過好幾次了，他們說我完全沒有不正常的現象。」

「既沒有犯案，腦袋又很正常。我怎麼能逮捕你呢？這點不需要翻憲法或法律條文，大家也都知道吧！」

「我當然知道，但請您聽我把話說完。」

▲註釋

① **飼《か》う：**飼養。

② **及《およ》ぶ：**①達到、涉及。②匹敵、比較。多以否定形式使用。例：腕《わん》力《りょく》では彼《かれ》に及《およ》ぶ者《もの》がない。（論腕力，沒人比得過他。）③沒必要。多以「～には及《およ》ばない」句型做使用。在此為③的意思。

③ **持《も》ちこむ：**【持ち込む】①帶入、拿進。②提出、說出。在此為②的意思。

「いまは忙《いそが》しいわけでもないから、話《はな》して①気《き》が晴《は》れるなら、そこで話《はな》してもいい。しかし、話《はなし》は簡単《かんたん》にして、二度《にど》と来《こ》ないでほしいものだね」

「ありがとうございます。わたしは子供《こども》のころから暑《あつ》いのがいやなんです。暑《あつ》いと頭《あたま》がぼんやりして、それでいて、とても②いらいらしてくるのです」

「だれでもそうだろう。暑《あつ》さで③頭《あたま》がさえてくる者《もの》など、聞《き》いたことがない」

「わたしの場合《ばあい》は、特《とく》にそれがひどいようです。なにかをしなければならない、という衝動《しょうどう》が強《つよ》くなり、それを無理《むり》に押《おさ》えようとすると、頭《あたま》が狂《くる》いそうになるのです」

「だれでもそうだろう。そこで、スポーツや読書《どくしょ》など、自分《じぶん》に適当《てきとう》なものに、④はけ口《ぐち》を見《み》つけるわけだよ」

「わたしも、そのはけ口《ぐち》を持《も》っています。そのはけ口《ぐち》があるから、頭《あたま》が狂《くる》わないですんでいるのです」

中「反正我現在也不忙，如果説了會讓你輕鬆點，那你就説吧！但要簡單明瞭，而且説完就不要再來了。」

「太謝謝您了。我從小就很怕熱，只要天氣一熱，我的腦袋就會恍恍惚惚地非常焦慮。」

「大家都這樣吧！我從沒聽説有人會因悶熱而頭腦清晰的。」

「但我的情況似乎特別嚴重。會有非做某事不可的衝動，硬是壓抑的話，我的腦袋就會發狂。」

「大家都這樣吧！這時，你可以試試運動或讀書，找個適合你自己的宣洩管道不就好了。」

「我當然有宣洩的辦法。正因為有宣洩管道，所以我才不至於發瘋。」

▲註釋

① **気《き》が晴《は》れる**：心情好、心情舒暢。

② **いらいらする**：焦躁、煩。

③ **頭《あたま》がさえる**：【頭が冴える】頭腦清晰。

④ **はけ口《ぐち》**：①排水孔、排氣孔。②銷路。③宣洩管道。在此為③的意思。

「それなら、いいじゃないか。なにも、交番《こうばん》にまで来《き》て大《おお》さわぎしなくても。さあ……」

と、巡査《じゅんさ》は手《て》を振《ふ》ったが、男《おとこ》は、

「もう少《すこ》しですから。まあ、聞《き》くだけ……」

と、①すがるように言《い》って、話《はなし》をつづけた。

「……子供《こども》のころ、そのはけ口《ぐち》を見《み》つけだした時《とき》のことです。高《たか》まる暑《あつ》さにどうしようもなかった時《とき》、ふと畳《たたみ》の上《うえ》をはっている②アリをみつけ、③つぶしてみたのです。すると、それまでのいらいらが④うそのように消《き》えて、その夏《なつ》はそれからすがすがしい気《き》分《ぶん》ですごせました」

「いい⑤趣味《しゅみ》じゃないか。ひとに迷惑《めいわく》がかかるわけでも……」

巡査《じゅんさ》の語尾《ごび》は、⑥あくびとまざった。

中「那不就好了，又何必到派出所來大驚小怪呢？那麼請……。」

警察對他揮揮手，但男子則是：

「我還有一些話想說，請您聽我說完吧！」

哀求地說完這句話後，他繼續說：

「……我是在小時候找出這個辦法的。正當我無法忍受酷暑時，突然發現榻榻米上成列的螞蟻，我捏死了牠們，結果原本的焦躁感都突然消失了，整個夏天我都過得非常舒爽。」

「真是個好方法，也不會造成別人的困擾……。」

警察話說到最後以哈欠聲結尾了。

▲註釋

① **すがる：【縋る】**①依靠、依賴。②拜託幫忙、懇求協助。在此為②的意思。

② **アリ：【蟻】**螞蟻。

③ **つぶす：【潰す】**①壓扁、搗碎。②熔化、熔解。③使倒閉、使破產。④打發、消磨。⑤宰殺（牲畜）。⑥毀壞、摧毀（機能、效用）。⑦堵塞、填平。在此為①的意思。

④ **うそのように：【嘘のように】**神奇地、難以置信地，為慣用表現。

⑤ **趣味《しゅみ》：**①興趣。②樂趣、趣味。③情趣、雅緻。在此為①的意思。

⑥ **あくび：**呵欠。

「つぎの年《とし》、やはり夏《なつ》の暑《あつ》さが高《たか》まってきて、いらいらが強《つよ》くなりました。そこで、前《まえ》の年《とし》のことを思《おも》い出《だ》し、アリをつぶしてみたのです」

「ふうん」

「だが、だめでした。困《こま》った、どうしたらいいか。①じりじりした②絶頂《ぜっちょう》で、その解決《かいけつ》が偶然《ぐうぜん》に見《み》つかりました。なんだったと思《おも》います」

「ふうん」

巡査《じゅんさ》は目《め》を閉《と》じて、返事《へんじ》にならない③あいづちをつづけたが、男《おとこ》はおかまいなしに話《はなし》をつづけた。

「④カナブンをつぶしたのです。その夏《なつ》は、それからずっと、すがすがしい気分《きぶん》でした。そして、その次《つぎ》の夏《なつ》。少《すこ》しこつがわかってきたので、近所《きんじょ》の子《こ》から⑤カブトムシをもらい、それをつぶすことによって、いらいらを押《おさ》えることができました」

中「第二年，夏天的悶熱實在愈來愈嚴重，焦躁感也隨之飆高。於是，我想起了前一年的解決辦法，又試著捏死了螞蟻。」

「嗯。」

「結果竟然沒效。我很傷腦筋，不知該怎麼辦。在我不耐煩到極點的時候，很偶然地又找到了解決辦法，你猜是什麼？」

「嗯？」

警察閉著眼，不斷敷衍附和，但青年不以為意地繼續說：

「我捏死了金龜子。從此，那年夏天心情都很舒暢。到了隔年，因為已經掌握了一些訣竅，所以我跟鄰居的小孩要了獨角仙，藉由捏死牠，我成功壓抑了焦躁感。」

▲註釋

① **じりじり**：①步步逼近。②焦急。③豔陽高照。④形容油炸的聲音。在此為②的意思。

② **絶頂**《ぜっちょう》：最高峰、頂點。

③ **あいづち**：【相槌】①治鐵時，互相敲打槌子。②附和、應答。在此為②的意思。

④ **カナブン**：金龜子。

⑤ **カブトムシ**：獨角仙。

「ふうん」

「こうして、わたしの頭《あたま》は狂《くる》うことがなく、いまにいたっているのです。おととしの夏《なつ》は犬《いぬ》を殺《ころ》しました。そのころになると、すっかり①なれてきて、つぎの年《とし》の準備《じゅんび》をすぐにはじめるようになっていました。秋《あき》になると、さっそくサルを飼《か》ったのです。サルも飼《か》ってみると、②案外《あんがい》かわいいものですよ」

「ふうん」

と、目《め》をつぶった巡査《じゅんさ》は椅子《いす》にかけたまま、上半身《じょうはんしん》ぜんたいで、うなずいた。

「③とても殺《ころ》す気《き》にはなるまいと思《おも》いました。だが、昨年《さくねん》も暑《あつ》さが高《たか》まるにつれ、いらいらを押《お》さえることはできませんでした。わたしは、サルを④しめ殺《ころ》してしまったんです」

男《おとこ》の声《こえ》は大《おお》きくなり、巡査《じゅんさ》は目《め》を開《ひら》いて、あわてて汗《あせ》をぬぐった。

中

「嗯！」

「就這樣，我才能不致發狂地活到今日。而前年我殺了一條狗，那時候我已經很習慣了，所以就開始為隔年做準備，一到秋天，我馬上就養了一隻猴子。實際養了猴子之後，才意外地發現猴子很可愛呢。」

「嗯。」

閉著眼的警察依舊攤坐在椅子上，晃著上半身大幅度地點了點頭。

「我本來捨不得殺牠的，可是隨著去年夏天的悶熱不斷高漲，我再也無法壓抑那股焦躁，我就把牠掐死了。」

男子的聲音愈來愈大，警察張開眼，慌張地擦著汗。

▲註釋

① **なれる：【慣れる】** ①習慣、習以為常。②熟練。在此為①的意思。

② **案外《あんがい》：** 意外地、料想不到。

③ **とても～まい（ない）：** 無論如何也不……、怎麼樣也不……。

④ **しめ殺《ころ》す：【絞め殺す】** 勒死。

「え、サルを殺《ころ》した話《はなし》は、さっき聞《き》いたことじゃないか」

「わたしを逮捕《たいほ》して下《くだ》さい」

「そう無理《むり》を言《い》っては困《こま》る。さっき言《い》ったように、きみは、なにも事件《じけん》をおこしていない。それに、昆虫採集《こんちゅうさいしゅう》のようなことにはけ口《ぐち》を見《み》つけて、頭《あたま》も狂《くる》わず、正常《せいじょう》だ。そんな人《ひと》を、逮捕《たいほ》したり、①収容《しゅうよう》したりすることはできないよ」

「そうですか。では、仕方《しかた》ない。帰《かえ》りましょう。おじゃましました」

「ああ、そうしなさい。ゆっくり昼寝《ひるね》でもするんだね。夜《よる》になるとむし暑《あつ》くなって、寝《ね》られないから」

「そうですね」

と、立《た》ちあがった男《おとこ》に、巡査《じゅんさ》はなにげなく聞《き》いた。

中

「哎，殺猴子的事剛才不是講過了嗎？」

「請逮捕我吧！」

「你這樣我很頭痛啊！我剛才說過了，你並沒有犯下任何案件。而且也只是把類似昆蟲採集的行為當成宣洩管道罷了，你也沒有發瘋，正常得很，我怎麼能逮捕、居留你這種人呢？」

「是嗎？沒辦法，我只好回家了，打擾了。」

「沒錯，請回吧！要好好睡個午覺喔！不然晚上變得更悶熱，會睡不著的！」

「對呀。」

警察不經意地向站起身的男子問道：

▲註釋

① **収容《しゅうよう》する**：收容、容納。

「家族《かぞく》はあるんだろう」

「ええ、昨年《さくねん》の秋《あき》に結婚《けっこん》して……」

中

「你家裡還有誰呢？」

「我去年秋天剛結婚……。」

親善《しんぜん》キッス

親善之吻

12

親善《しんぜん》キッス

「やれやれ、やっと着《つ》いた。まったく長《なが》い旅《たび》だったな」

地球《ちきゅう》からの親善使節団《しんぜんしせつだん》の一行《いっこう》の乗《の》りくんだ宇宙船《うちゅうせん》は、広大《こうだい》な空間《くうかん》の旅《たび》を終《お》えて、銀《ぎん》色《いろ》にきらめきながら、チル惑星《わくせい》の首都《しゅと》ちかくの空港《くうこう》に降《お》りたった。

「いいか、大気《たいき》の検査《けんさ》がすみ①しだい、ドアをあける。翻訳機《ほんやくき》の点検《てんけん》を、もう一度《いちど》やっておけ。おくりものの箱《はこ》は、こわれなかったろうな。おい、ひげはそったか。服《ふく》にブラシをかけ、②身《み》だしなみを③きちんとしておけ。われわれは地球《ちきゅう》の代表《だいひょう》なんだ、④恥《はじ》をかかないように、気《き》をつけるんだぞ」

団長《だんちょう》は、⑤そわそわしながら注意《ちゅうい》を与《あた》えた。言《い》われるまでもなく、団員《だんいん》たちは鏡《かがみ》にむかってクシやブラシを動《うご》かしていた。

⑥身《み》づくろいをすばやく終《お》えた⑦要領《ようりょう》のいい一人《ひとり》の団員《だんいん》は、双眼鏡《そうがんきょう》を手《て》にして窓《まど》から外《そと》を眺《なが》めていたが、それを目《め》からはなして、団長《だんちょう》に話《はな》しかけた。

親善之吻

中

「哎呀哎呀！終於到了，真是趟漫長的旅行。」

從地球出發的親善使節團一行人，他們搭乘的太空船，剛結束了廣大的宇宙之旅，正閃著銀色光輝，降落於基爾行星首都旁的機場。

「聽好！等到大氣檢查結束後，我就會打開機門。再檢查一次翻譯機。還有確認禮物盒有沒有損壞！喂！鬍子刮好了沒？刷一下衣服，好好整理儀容，我們可是地球的代表，小心別鬧笑話了！」

團長坐立難安地叮囑著大家。團員們全都自動自發地在鏡子前揮動著梳子和衣物刷。

一位靈巧的團員迅速地整理好了儀容，拿著望遠鏡從窗外瞧，接著放下望遠鏡，向團長說：

▲註釋

① **～しだい**：①前加名詞，表示依……而定。②前加動詞連用形，表示任其……、順其自然。③前加動詞連用形、動作性名詞，表示馬上、立刻。在此為③的意思。

② **身《み》だしなみ**：①服裝儀容。②教養、修養。在此為①的意思。

③ **きちんと**：①整潔。②正確、規矩地。③好好地。在此為①的意思。

④ **恥《はじ》をかく**：丟臉，為慣用語。

⑤ **そわそわする**：慌慌張張。

⑥ **身《み》づくろい**：【身繕い】裝扮、打扮。

⑦ **要領《ようりょう》の（が）いい**：精明、機伶。

「なるほど、町《まち》も人《ひと》びとも、地球《ちきゅう》とほとんど同《おな》じですね。もっとも、男《おとこ》も女《おんな》もショートスカートというところが珍《めずら》しいが、これ①だってスコットランドにはそんな習慣《しゅうかん》もある。しかし、団長《だんちょう》、やはり文明《ぶんめい》は地球《ちきゅう》のほうが少《すこ》しだけ進《すす》んでいるようですね」

「それはそうさ。だから、われわれのほうから出《で》かけてきたのだ。このチル星《せい》では、まだ地球《ちきゅう》までこられる乗《の》り物《もの》が作《つく》れない。まあ地球《ちきゅう》のほうが少《すこ》しだけ、先進国《せんしんこく》といえるだろう」

「ところで、団長《だんちょう》。いま思《おも》いついたことがあるのですが」

「なんだ、言《い》ってみろ」

「いままで地球《ちきゅう》とチル星《せい》とで②とりかわした通信《つうしん》のなかで、キスのことに③触《ふ》れてあったでしょうか」

中「原來這裡的城鎮和人民幾乎都跟地球一樣耶！但他們不論男女都穿短裙還挺特別的，不過蘇格蘭也有這種風俗習慣。只是，團長，果然文明方面，地球好像比較先進呢。」

「是啊！所以才會是由我們來拜訪這座行星的。基爾星還製造不出能抵達地球的飛行物。所以，地球可以說是稍微先進的先進國吧！」

「對了，團長，我想到一個點子。」

「什麼事？說吧！」

「以前地球與基爾星在通訊中，有沒有提過接吻的話題？」

▲註釋

① **～だって**：為副助詞，前加體言、副詞、部分助詞。①表示列舉。連……也……。②表示全面肯定。無論……都……。③表示並列提示。無論A或B都……。在此為①的意思。

② **とりかわす**：【取り交わす】互換、交換。

③ **触《ふ》れる**：①觸碰、摸。②涉及、提到。③感觸、感受。④遇到、碰見。⑤違反、觸犯。在此為②的意思。

「さあ、どうかな。そんなことまでは通信《つうしん》しあわなかったと思《おも》うが。それが、どうしたんだ」

「そこでですよ。地球《ちきゅう》ではこのようなあいさつのやり方《かた》が行《おこな》われているんだ、ということを、団長《だんちょう》が適当《てきとう》な機会《きかい》に示《しめ》して下《くだ》さい。そうすれば、たくさんの女《おんな》の子《こ》と、われわれは自由《じゆう》にキスができるというわけです。これだけの旅《たび》をしてきたんだから、それぐらいはいいでしょう」

「まあ考《かんが》えておく。しかし、これだけ似《に》た文明《ぶんめい》だから、チル星《せい》にだって、あんがい地《ち》球以上《きゅういじょう》にキスが行《おこな》われているかも知《し》れないぞ」

やっと準備《じゅんび》がすみ、軽《かる》い音《おと》をたてながらドアが開《ひら》きはじめ、住民《じゅうみん》たちの歓声《かんせい》が宇宙《うちゅう》船《せん》の内部《ないぶ》に流《なが》れこんできた。団長《だんちょう》は①重々《おもおも》しい②身《み》ぶりで、群衆《ぐんしゅう》の上《うえ》に姿《すがた》をあらわした。そして、せきばらいをひとつし、翻訳機《ほんやくき》を通《つう》じて第一声《だいいっせい》をはなった。

中「這我就不知道了，通訊時應該沒聊到這類的話題吧。怎麼了嗎？」

「好機會！請團長找個適當的時機說：『在地球都是用這種方式打招呼的』，這樣一來，我們就能隨意地和很多女生接吻了！經過這麼長途的旅行，這點享受應該不為過吧！」

「嗯！我考慮考慮。不過，我們之間的文明如此相似，說不定基爾星，比我們地球還盛行接吻呢。」

總算一切都準備就緒，隨著一陣輕微的聲響，機艙門逐漸開啟，居民們的歡迎聲傳進太空船內部。團長以鄭重的姿態出現在群眾面前，然後清清喉嚨，透過翻譯機說出第一句話。

▲註釋

① **重々《おもおも》しい：**①沉穩、莊重、具有威嚴。②沉重、笨重。在此為①的意思。

② **身《み》ぶり：**【身振り】姿態、動作。

「みなさん、わたしたちは、地球《ちきゅう》から①はるばるやってまいりました。すでにみなさんとは、空間《くうかん》を越《こ》えて、電波《でんぱ》による通信《つうしん》を前々《まえまえ》からおこなってきました。そして、おたがいの文化《ぶんか》が多《おお》くの共通点《きょうつうてん》を持《も》つこと、おたがいに平和《へいわ》を愛《あい》する者《もの》であることを知《し》りました。この上《うえ》はその理解《りかい》と友好《ゆうこう》をさらに深《ふか》め、そして②高《たか》めあおうという地球人《ちきゅうじん》の願《ねが》いを負《お》って、わたしたち使節団《しせつだん》が苦《くる》しい旅《たび》をつづけてやってきたのであります。わたしたちは、みなさんにお目《め》にかかれて、まことにうれしい。また、みなさんも、わたしたちの訪問《ほうもん》を喜《よろこ》んで下《くだ》さることと信《しん》じます」

団長《だんちょう》のあいさつが終《お》わると、空港《くうこう》を埋《う》めつくしたチル星《せい》の住民《じゅうみん》たちは、③いっせいに手《て》を振《ふ》り、足《あし》をふみならし、口々《くちぐち》に叫《さけ》び声《ごえ》をあげた。

もちろん翻訳機《ほんやくき》には、そのいっぺんに押《お》しよせてくる、④嵐《あらし》のようなブーブーという音《おと》を訳《やく》しきる能力《のうりょく》はなかった。しかし、その叫《さけ》びの底《そこ》にある暖《あたた》かい歓迎《かんげい》の気持《きも》ちは、どの団員《だんいん》の胸《むね》にも⑤しみわたった。

中「各位，我們從遙遠的地球來了。在這之前，我們就已越過宇宙空間，透過電波通訊與各位做了交流，於是我們了解到彼此的文化中有許多共通點，同時也明白我們都是愛好和平的人。地球人們都希望能與基爾星的各位增進彼此間的理解與情誼，並且互相學習，背負著這些期許，我們使節團歷經了千辛萬苦的旅程總算來到了這裡。能見到大家，我感到非常開心。同時，我相信大家也一定很歡迎我們的造訪。」

團長致辭完畢後，機場裡眾多的基爾星居民們，一起揮手踏步，口中還發出了歡呼聲。

當然翻譯機無法一次把那些如雷的嗡嗡聲翻譯出來。但每位團員都能從那些高喊聲中感受到熱情的歡迎。

▲註釋

①はるばる：用來表示距離、程度、時間相差甚遠。

②高《たか》めあう：【高め合う】相互提升、切磋琢磨。

③いっせいに：【一斉に】同時、一起。

④嵐《あらし》：暴風雨。

⑤しみわたる：【染み渡る】滲透。

団員《だんいん》たちは、おたがいに肩《かた》をたたきあった。

「おい、来《き》てよかったな。見《み》ろ、あの喜《よろこ》びようを」

「ああ、いままでの長《なが》かった宇宙旅行《うちゅうりょこう》の疲《つか》れが、①いっぺんに消《き》えてゆくようだ」

「なんだ、涙《なみだ》なんか流《なが》し②やがって」

感激《かんげき》の空気《くうき》は、宇宙船《うちゅうせん》の内外《ないがい》に③たちこめた。歓声《かんせい》が少《すこ》し静《しず》まると、こんどは空港《くうこう》に作《つく》られた台《だい》の上《うえ》に立《た》ったチル星《せい》の元首《げんしゅ》が、拡声機《かくせいき》で歓迎《かんげい》のことばをのべた。団長《だんちょう》のそばの翻訳機《ほんやくき》は、それを訳《やく》して機内《きない》に流《なが》した。

「地球《ちきゅう》のかたがた、よくおいで下《くだ》さった。今後《こんご》はおたがいに、兄弟《きょうだい》の星《ほし》として交際《こうさい》を深《ふか》めましょう。まあ、形式的《けいしきてき》なあいさつは、これぐらいにしましょう。まず、これをお受《う》けとり下《くだ》さい。それから、歓迎会場《かんげいかいじょう》へのパレードにうつりましょう」

中

團員們互相拍著肩膀說：

「嘿！我們還真是來對了，看他們多開心。」

「對啊！過去長久旅行的辛勞都瞬間消失了。」

「怎麼了？你竟然哭了！」

感動的情緒充滿了太空船裡外。待歡聲稍微平靜後，基爾星的元首站在機場臨時搭建的台上，以擴音器致上歡迎詞，團長身旁的翻譯機立刻把那些話傳進太空船裡。

「來自地球的貴賓們，歡迎你們的到來！今後我們將以姐妹星的形式，加深對彼此的情誼！那麼，形式上的演講，就先到此為止。首先，請收下我們歡迎的禮物，然後一起參加遊行前往歡迎會場吧。」

▲**註釋**

①**いっぺんに：【一遍に】**①同時。②一下子、馬上。在此為②的意思。

②**～やがる：**前加動詞・助動詞連用形。類似「する」帶有輕視、憎恨的語感，用來表示對方的動作。例：よくも騙《だま》しやがったな。（你竟然敢騙我！）

③**たちこめる：【立ち込める】**籠罩、覆蓋。

ふたたびわきあがる歓声《かんせい》のなかで、宇宙船《うちゅうせん》から地上《ちじょう》へおろされた階段《かいだん》を、美《うつく》しい女《じょ》性《せい》があがってきた。

「チル星《せい》にも、すごい美人《びじん》がいるじゃないか」

「おそらくミス・チル星《せい》といったところだろう」

階段《かいだん》をあがりきったその女性《じょせい》は、団長《だんちょう》のそばに立《た》ち、①抱《かか》えてきたものを差《さ》し出《だ》した。

それはダイヤを②ちりばめた大《おお》きな鍵《かぎ》だった。

「文明《ぶんめい》が同《おな》じところでは、同《おな》じような習慣《しゅうかん》ができるとみえる」

「ああ、これなら親善《しんぜん》もうまくゆくだろう」

団員《だんいん》たちはささやきあい、団長《だんちょう》は嵐《あらし》の海岸《かいがん》に立《た》っているような烈《はげ》しい拍手《はくしゅ》のなかで、チル星《せい》の友情《ゆうじょう》を示《すめ》す美《うつく》しい鍵《かぎ》を受《う》け取《と》った。

「ありがとう」

再度響起的歡聲中，一位美麗的小姐，走上了太空船放下的階梯。

「基爾星上也有絕世美女耶！」

「大概是基爾星的第一小姐吧！」

爬上樓梯的小姐站在團長的身旁，獻上了抱在懷中的物品。那是一把鑲滿鑽石的大鑰匙。

「我們的文明類似，所以好像也有同樣的習慣呢。」

「是啊！看來我們的親善拜訪會很成功。」

團員們互相私語著，團長在這宛如暴風雨般的掌聲中，收下了象徵與基爾星之間友誼的美麗鑰匙。

「謝謝妳。」

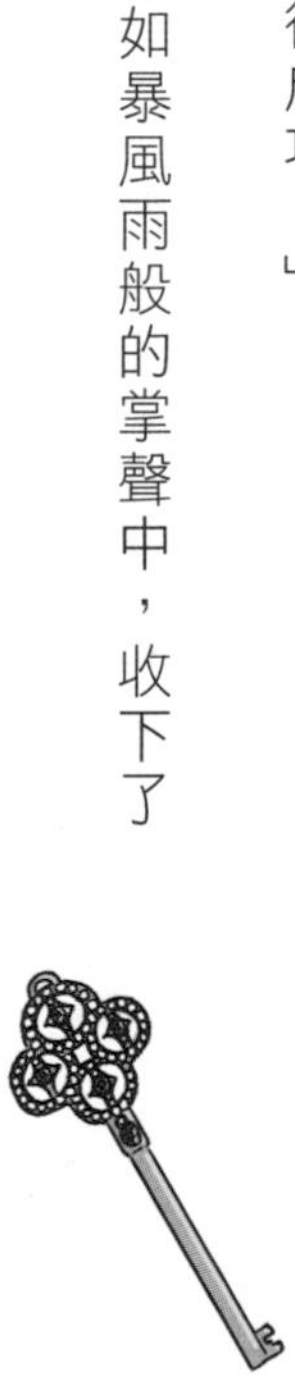

▲**註釋**

① **抱《かか》える：**①把東西抱在懷中、夾在腋下。②承擔、負擔。③僱用。在此為①的意思。

② **ちりばめる：【鏤める】**①鑲嵌（珠寶）、點綴。②比喻文章充滿華麗的辭藻。在此為①的意思。

興奮《こうふん》にふるえた団長《だんちょう》は、ミス・チル星《せい》を①抱《だ》きしめた。甘《あま》いかおりが鼻《はな》に迫《せま》り、彼《かれ》は②思《おも》わず自分《じぶん》のくちびるを相手《あいて》のそれに近《ちか》づけた。しかし、彼女《かのじょ》は③とまどったようにそれを拒《こば》み、群衆《ぐんしゅう》のブーブーいう歓声《かんせい》は、一瞬《いっしゅん》ひき潮《しお》のように静《しず》まった。

先進国《せんしんこく》の誇《ほこ》りを持《も》った団長《だんちょう》は、いまさらやめるわけにいかなかった。長《なが》い旅《たび》のあげく久《ひさ》しぶりに会《あ》った女性《じょせい》でもあったし、さっきの団員《だんいん》の意見《いけん》を思《おも》い出《だ》しもした。彼《かれ》は落《お》ち着《つ》いたそぶりを崩《くず》さず、翻訳機《ほんやくき》を通《つう》じて、呼《よ》びかけた。

「これは、地球《ちきゅう》での親《した》しみをあらわすあいさつです。わたしたちに、地球《ちきゅう》でのやり方《かた》で親愛《しんあい》の情《じょう》を示《しめ》させて下《くだ》さい」

この言葉《ことば》が群衆《ぐんしゅう》の上《うえ》に流《なが》れるにつれ、歓声《かんせい》は前《まえ》にもまして高《たか》まった。事情《じじょう》がわかった④せいか、ミス・チル星《せい》もう⑤拒《こば》みはせず、その意外《いがい》に小《ちい》さな口《くち》を団長《だんちょう》の顔《かお》によせた。

口《くち》づけのあいだじゅう、叫《さけ》びは熱狂的《ねっきょうてき》にひびきつづけた。彼女《かのじょ》は、団員《だんいん》たちともつぎつぎと口《くち》づけをかわし、ふたたび団長《だんちょう》のそばにもどって彼《かれ》の手《て》をとった。

興奮到顫抖的團長緊抱著基爾小姐，一陣甜美的氣味撲鼻，他情不自禁地將自己的唇迎向了對方。但她卻徬徨似地拒絕了，群眾嗡嗡的歡聲瞬間如退潮般停下。

以先進國為榮的團長，事已至此也不好停下動作。畢竟這是歷經了長途旅行後，久違見到的女性，再加上他想起了剛才團員的提議。於是他維持冷靜的態度，透過翻譯機，向基爾人們喊話：

「這在我們地球上是表示親密的打招呼方式，請讓我們用地球的方式，來表現深厚的友情。」

這話一說完，歡聲更加熱烈了。可能了解了團長的意思，因此基爾小姐這回不再抗拒。將那特別小巧的香唇靠近了團長的臉龐。

接吻時群眾的歡聲震耳欲聾。她也與團員一一親吻，最後回到團長身邊牽起他的手。

▲註釋

① **抱《だ》きしめる**：抱緊。

② **思《おも》わず**：不禁、情不自禁。

③ **とまどう**：【戸惑う】疑惑、不知所措。

④ **せい**：①因為、緣故。②過失、過錯。在此為①的意思。

⑤ **拒《こば》む**：①拒絕。②阻擋。在此為①的意思。

①荘重《そうちょう》な音楽《おんがく》が奏《かな》でられ、そのなかを、ミス・チル星《せい》に手《て》をとられた団長《だんちょう》を②先頭《せんとう》にして、一同《いちどう》は階段《かいだん》をおりた。

急《いそ》ぎ足《あし》で歩《あゆ》みよってきたチル星《せい》の太《ふと》った元首《げんしゅ》は、団長《だんちょう》の肩《かた》を抱《だ》きキスをした。団長《だんちょう》は内心《ないしん》ちょっと困《こま》ったが、いま言《い》った言葉《ことば》の手前《てまえ》、あれは女性《じょせい》に限《かぎ》るのだと、すぐ訂正《ていせい》もできなかった。そこで翻訳機《ほんやくき》をさし出《だ》し、なにか言《い》うようにうながした。元首《げんしゅ》は言《い》った。

「おたがいに思想《しそう》や習慣《しゅうかん》など、こまかい点《てん》ではちがいもあるでしょうが、友好《ゆうこう》という大《おお》きな点《てん》では、しっかりと手《て》をにぎりあうことにいたしましょう」

「そうですとも」

と団長《だんちょう》はおうようにうなずき、元首《げんしゅ》の手《て》を固《かた》くにぎった。団長《だんちょう》のうしろでは、大《おお》さわぎがおこっていた。ほかの団員《だんいん》たちは押《お》しよせる群衆《ぐんしゅう》によって③もみくちゃにされ、さんざんにキスをされているのだ。男《おとこ》も老人《ろうじん》もいたが、もちろん若《わか》い女性《じょせい》たちもいたので、困《こま》る場合《ばあい》ばかりでもなかったが……。

🈩此時奏起了莊嚴的音樂，在樂聲中，團長被基爾小姐牽著走，團員們也隨後一一跟著走下樓梯。

身材圓潤的元首快步走來，他抱住團長的肩，送上了熱情的吻。團長心裡雖然感到不對勁，但才剛説明完，不好馬上訂正解釋接吻只限定女性。於是他把翻譯機交給元首，希望他能説點話。元首表示：

「也許我們雙方，在思考和習慣上還有些許的差異，但在友好的大前提下，我們就握握手致意吧！」

「當然！」

團長點頭表示同意，並緊握住元首的手。而這時團長的身後正發生一團騷動。因為其他團員們，被蜂擁而至的群眾們弄得一塌糊塗，他們不斷地被親吻。雖然有男性跟老人家，但也有年輕女性參與其中，所以還不至於都是令他們感到困窘的場面。

▲註釋

① **莊重《そうちょう》**：端莊、莊嚴。

② **先頭《せんとう》**：最前頭、第一個。

③ **もみくちゃ**：【揉みくちゃ】①被揉得皺皺的。②被人群包夾、包圍。在此為②的意思。

「みんなは、あなた方《がた》のもたらした地球式《ちきゅうしき》のあいさつを、面白《おもしろ》がっているようです。このチル星《せい》でも、新《あたら》しい流行《りゅうこう》となるでしょう」

元首《げんしゅ》はこう言《い》いながら①合図《あいず》した。明《あか》るい行進曲《こうしんきょく》が演奏《えんそう》され、一同《いちどう》は用意《ようい》された自動車《じどうしゃ》に乗《の》せられた。

「では、歓迎会場《かんげいかいじょう》へむかいましょう」

②一大《いちだい》パレードが開始《かいし》された。団長《だんちょう》は元首《げんしゅ》と並《なら》んで先頭《せんとう》の車《くるま》に乗《の》り、団員《だんいん》たちは美《うつく》しい女性《じょせい》たちと何台《なんだい》もの車《くるま》に分乗《ぶんじょう》して、それにつづいた。

パレードは空港《くうこう》から街《まち》の大通《おおどお》りにはいった。人《ひと》の波《なみ》、旗《はた》、テープ、紙吹雪《かみふぶき》、歓声《かんせい》、拍手《はくしゅ》。団員《だんいん》たちは感激《かんげき》し、時《とき》どきその感激《かんげき》を要領《ようりょう》よく中断《ちゅうだん》して、そばの美人《びじん》たちと③キスをかわした。

「すごい歓迎《かんげい》だ。地球《ちきゅう》と④まったく同《おな》じやり方《かた》じゃないか」

中

「我們同胞好像對你們地球的打招呼方式非常感興趣。可能會在基爾星上，成為一股新熱潮呢！」

元首一邊說著一邊做了一個手勢。接著奏起了輕快的進行曲，大家一同坐上備好的汽車。

「那麼，我們到歡迎會場去吧！」

開始了盛大的遊行，團長與元首同乘最前面的車，其他團員則與數位美女分別搭上幾輛車。

遊行從機場轉進鎮上的街道。街道上充斥著人群、旗幟、彩帶、紙花以及掌聲。團員們全都深受感動，偶爾巧妙地停下感動的情緒，與身旁的美女親吻。

「好熱情的歡迎！這種歡迎方式和我們地球根本一模一樣呢！」

▲註釋

① **合図《あいず》する**：打暗號。
② **一大《いちだい》**：後加名詞，表示重大的。
③ **キスを交《か》わす**：接吻。
④ **まったく**：【全く】①簡直是、根本是。②完全、全然（後續否定詞語）。在此為①的意思。

「おい、見《み》ろ。あんなところまで似《に》ているぜ」

一人《ひとり》の団員《だんいん》が①目《め》ざとく見《み》つけて、②仲間《なかま》たちに知《し》らせた。その指《ゆび》さす先《さき》、人《ひと》ごみのむこうの建物《たてもの》のかげで、一人《ひとり》の男《おとこ》が吐《は》いているのだ。

「星《ほし》をあげてのこのお祭《まつ》りさわぎだ。③おおかた飲《の》みすぎたんだろう。しかし、ますます親《した》しみがもてるじゃないか」

「われわれも、まもなく思《おも》いきり飲《の》めるぞ」

熱狂《ねっきょう》の渦巻《うずま》くなかをパレードは進《すす》み、この星《ほし》で最高《さいこう》と思《おも》われるホテルについた。一同《いちどう》は、そこのたんねんにみがかれた大理石《だいりせき》づくりの広間《ひろま》に導《みちび》かれた。香《かお》り高《たか》い花《はな》で飾《かざ》られたテーブルの上《うえ》には、すばらしい細工《さいく》の杯《さかずき》に酒《さけ》がつがれて、並《なら》べられてあった。みなはその杯《さかずき》を手《て》にとった。

「では、二《ふた》つの星《ほし》の友好《ゆうこう》のために乾杯《かんぱい》……」

中

「嘿！你們看，就連那種地方也跟地球很像呢！」

一位團員眼神銳利地發現那情景後，告訴其他夥伴。往所指的方向看去，只見人群後方的建築物陰影處，有個男子正在那裡嘔吐。

「這是場舉星同歡的大慶典呀！他應該是喝多了吧！不過，這反而更有親切感。」

「我們待會也能盡情暢飲囉！」

遊行在這狂熱的歡迎中行進，最後抵達了這座星球最豪華的飯店。大家被引領到精心拋光過的大理石大廳裡。在放滿芬芳鮮花的桌上，擺著一列精巧的酒杯，裡頭都盛滿了美酒，他們一起拿起酒杯。

「為我們兩座星球的友好乾杯……。」

▲註釋

① **目《め》ざとい：**①眼尖。②淺眠易醒。
在此為①的意思。

② **仲間《なかま》：**夥伴。

③ **おおかた：**【大方】①大部分、多半。②可能、應該。③大概、大約。
在此為②的意思。

感激《かんげき》は最高潮《さいこうちょう》に達《たっ》した。チル星人《せいじん》たちは、いっせいにその短《みじか》いスカートを優雅《ゆうが》な身《み》ぶりでもちあげ、おしりのあたりからでているしっぽに似《に》た口《くち》の先《さき》に、杯《さかずき》の酒《さけ》を流《なが》しこんだ。

中 激動的情緒來到了最高潮。基爾星人們，一同以優雅的姿態掀開了短裙，把杯裡的酒送入那臀部旁，長得像尾巴似的嘴裡。

うちの子《こ》に限《かぎ》って

只有我的孩子例外

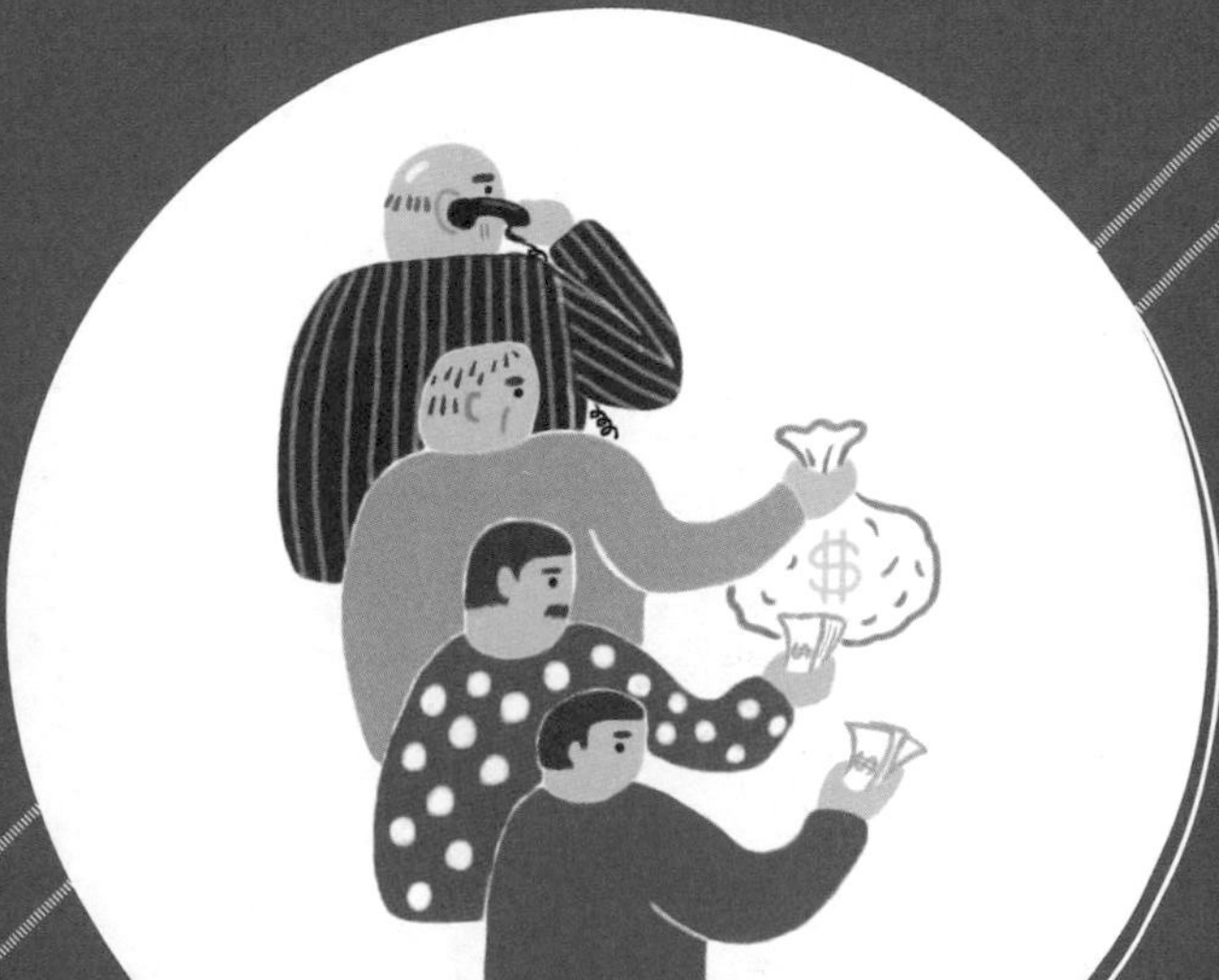

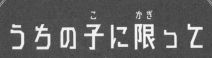

13

うちの子《こ》①に限《かぎ》って

ある警察署《けいさつしょ》の一室《いっしつ》。机《つくえ》をはさんで二人《ふたり》がむかいあっていた。ひとりは刑事《けいじ》。ひとりは四十歳《よんじっさい》をちょっと過《す》ぎたぐらいの男《おとこ》。その男《おとこ》は頭《あたま》を下《さ》げながら、②早口《はやくち》にしゃべっていた。

「うちのむすこが、こちらにつかまったと聞《き》きましたので、急《いそ》いでやってきたのです。なにかのまちがいでしょう。うちの子《こ》に限《かぎ》って、警察《けいさつ》の③やっかいになるようなことを、するはずがありません」

「みなさん、同《おな》じようなことをおっしゃいますが、犯罪《はんざい》は犯罪《はんざい》です。それを④取《と》り締《しま》るのがわれわれの⑤つとめです」

刑事《けいじ》は冷静《れいせい》に言《い》った。いちいち感情《かんじょう》をあらわしていたら、つとまらない仕事《しごと》だ。しかし、男《おとこ》は簡単《かんたん》には引《ひ》きさがらない。

只有我的孩子例外

中 在某警察局的一室裡，有兩個人隔著桌子對坐著。其中一名是刑警，另一名則是四十歲出頭的男子。那名男子低著頭，焦急地說道：

「聽說我兒子被抓到這兒來，所以我急忙趕過來。是不是發生了什麼誤會？我家的孩子絕不可能給警察添麻煩的。」

「大家都是這麼說，可是犯罪就是犯罪，我們的工作就是取締罪犯。」

刑警冷靜地說道。若輕易地就顯露出情感，則無法勝任警察的工作。可是，男子並不因此而罷休。

▲註釋

① **～に限《かぎ》る**：前加名詞，表示限定、只有。

② **早口《はやくち》**：說話快。

③ **やっかい**：【厄介】①麻煩、棘手。②照顧、照應。③寄居。在此為①的意思。

④ **取《ろ》り締《しま》る**：管理、取締。

⑤ **つとめ**：【勤め／務め】：①工作。②義務。在此為①的意思。

「うちの子《こ》に、犯罪《はんざい》などできるわけがありません。しかし、まあ、①かりにですよ、なにかやったとしても、うちの子《こ》のことです。悪気《わるぎ》があってしたことじゃないはずです。そうにきまっています。ひとつ、②穏便《おんびん》にお願《ねが》いしますよ。どうか、あなたの③お口《くち》ぞえで……」

男《おとこ》は身《み》を乗《の》り出《だ》して話《はな》していたが、ついには立《た》ちあがって刑事《けいじ》のそばに寄《よ》り、服《ふく》をなでながら熱心《ねっしん》にたのんだ。しかし、刑事《けいじ》は顔《かお》をしかめて言《い》い渡《わた》す。

「そう勝手《かって》なことをおっしゃらないように。事件《じけん》をご説明《せつめい》します。おたくのお子《こ》さんは④スポーツカーを運転《うんてん》し、⑤スピード違反《いはん》をした⑥うえ、道路標識《どうろひょうしき》にぶつけてそれをこわした。これをパトカーに目撃《もくげき》されたのです」

中

「我們家的孩子絕不可能犯罪。不過，假設說，就算他真的做了什麼，因為是我家的孩子，所以我敢肯定他絕對沒有惡意。一定是這樣沒錯！這次還請您寬待一些，無論如何都請您幫忙說個情……。」

男子原先只是傾身向前說話，但最後他站起身，走到刑警的身旁，一邊摸著他的衣服，一邊熱切地拜託。不過，刑警皺起眉表明了態度：

「請不要在那邊自說自話。我來跟您說明這件事。您府上的公子在駕駛跑車時，不但違反速限，還撞壞了道路標誌。而這起事故正好被我們巡邏車目擊。」

▲註釋

① **かり：**【仮】①暫時、臨時。②虛假、非真實的。③假說、假設。在此為③的意思。

② **穏便《おんびん》：**溫和、寬待、大事化小。

③ **口《くち》ぞえ：**【口添え】美言、關說。

④ **スポーツカー：**【sports car】跑車。

⑤ **スピード違反《いはん》：**違反速限。

⑥ **～うえ（に）：**前加動詞・形容詞普通形、形容動詞語幹＋な／である、名詞＋の／である。表示不僅、不但。例：この仕事《しごと》は危険《きけん》な上《うえ》に、給料《きゅうりょう》も低《ひく》いし、やめた方《ほう》がいいよ。（這份工作不僅危險，新水又低，辭掉比較好。）

「金《かね》に①余裕《よゆう》があったので、車《くるま》を買《か》ってやりました。軽率《けいそつ》だったかもしれません。しかし、その程度《ていど》のことなら、なにもつかまえて留置《りゅうち》することもないでしょう。他人《たにん》を傷《きず》つけたわけでもないのに、ひどいじゃありませんか」

と男《おとこ》はあくまでも②ねばった。

「それはそうです。それだけならたいしたこともないのですが、むすこさんは、その先《さき》がいけない。職務質問《しょくむしつもん》をしようとした警官《けいかん》に、③見《み》のがしてくれと言《い》って、お金《かね》を渡《わた》そうとした。この点《てん》ですよ。警官《けいかん》を買収《ばいしゅう》しようとすることは、④言語道断《ごんごどうだん》です。署《しょ》に留置《りゅうち》したのは、そのためです」

「はあ……」

男《おとこ》はやっとだまりかけた。刑事《けいじ》はタバコを吸《す》おうとし、ポケットに手《て》を入《い》れ、妙《みょう》な表情《ひょうじょう》になった。なにかが指先《ゆびさき》にさわったのだ。引《ひ》っぱり出《だ》してみると、厚《あつ》い札束《さつたば》。刑《けい》事《じ》は大声《おおごえ》をあげた。

「因為家裡不缺錢，所以才會買車給他。這或許是輕率了點，可是僅僅這樣，應該不至於被抓來拘留吧！又沒有傷到別人，這麼做不會太過分嗎？」

男子一味地堅持己見。

「沒錯，如果僅只如此是沒什麼大不了的，但是您的孩子在這之後犯了一項錯誤。他竟要求盤查員警放他一馬，還想遞錢賄賂。問題就出在這！我們之所以把他拘留在警察局，就是因為他打算收買警察，豈有此理！」

「是……。」

男子終於安靜了下來。刑警因想抽煙而將手伸入口袋裡，這時他露出了詭異的神情。他的指尖好像摸到了某種東西。刑警抽出來一瞧，是捆相當厚的鈔票，他大聲說道：

▲註釋

① **余裕《よゆう》：**①富餘、充足有剩餘。②從容、充裕。在此為①的意思。

② **ねばる：**【粘る】①黏糊、柔軟延展性強。②堅持、堅韌不撓。在此為②的意思。

③ **見《み》のがす：**【見逃す】①看漏。②睜一隻眼閉一隻眼、寬恕。在此為②的意思。

④ **言語道断《ごんごどうだん》：**豈有此理、無以名之。

「なんで、こんなものが……。ははあ、さっき、あなたがポケットに押《お》しこんだのですな。どうもそぶりがおかしいと思《おも》った」

「はあ……」

「なんということです。刑事《けいじ》の買収《ばいしゅう》をたくらむとは。①けしからん。まったく、②この親《おや》にしてこの子《こ》ありです。見《み》のがすことはできない。留置場《りゅうちじょう》へすぐ入《はい》ってもらいます。お宅《たく》へは、このことを署《しょ》から電話《でんわ》してあげます」

「はあ……」

男《おとこ》はあわれな顔《かお》つきになった。③いやおうなしで、もはや④じたばたしてもだめなのだ。

男《おとこ》を留置場《りゅうちじょう》に入《い》れたあと、刑事《けいじ》がこの件《けん》についての報告書《ほうこくしょ》を作《つく》っていると、署長《しょちょう》からちょっと室《へや》に来《き》てくれとの連絡《れんらく》があった。

中

「為什麼?這種東西會……。啊哈!是你剛剛塞進我口袋裡的吧!難怪總覺得你的舉止怪怪的。」

「是……。」

「是怎麼樣!竟想收買刑警,太不像話了!真是有其父必有其子。這種行為絕不能饒恕,你也得立刻進入拘留所,這件事會由局裡打電話通知你家裡。」

「是……。」

男子一副可憐的模樣。但現在縱使他多不甘願,也已經無濟於事了。

將男子送入拘留所後,刑警開始著手寫這件事的報告書,這時局長通知他到辦公室去一趟。

▲註釋

① **けしからん**:豈有此理、不像話、蠻橫粗魯。

② **この親《おや》にしてこの子《こ》あり**:龍生龍,鳳生鳳。

③ **いやおうなし**:【否応無し】不管意願、不容分說。

④ **じたばたする**:①揮舞手腳的模樣。②掙扎、抵抗。在此為②的意思。

「なんでございましょう」

と刑事《けいじ》が署長室《しょちょうしつ》に入《はい》って聞《き》くと、署長《しょちょう》は言《い》った。

「きみは少《すこ》し前《まえ》に、中年《ちゅうねん》の男《おとこ》を留置《りゅうち》したかね」

「はい。いま報告書《ほうこくしょ》を作《つく》っているところです。上流社会《じょうりゅうしゃかい》の人《ひと》のようですが、①なにしろ現行犯《げんこうはん》でしたので。しかし、そのことでなにか……」

ふしぎがる刑事《けいじ》に、署長《しょちょう》は話《はな》した。

「じつは、いま、七十歳《ななじっさい》ぐらいの老人《ろうじん》がここへたずねてきた。②品《ひん》のいい紳士《しんし》で、大《おお》きな会社《かいしゃ》を経営《けいえい》しているという。きみが留置《りゅうち》した男《おとこ》の父親《ちちおや》だそうだ」

「事情《じじょう》を知《し》ろうとして、あわてて飛《と》んできたのでしょう。わたしのところへ回《まわ》して下《くだ》されればよかったのです」

中

「什麼事？」

刑警進入局長室後問道。局長接著說：

「你剛才是不是拘留了一位中年男子？」

「是的，我正在寫報告書。這個人看起來好像是上流社會人士，不過不管怎麼說都是個現行犯。咦！這件事有什麼……？」

局長對滿臉疑惑的刑警說：

「是這樣的，剛才有位七十歲左右的老人家過來，是位氣質高雅的紳士，他說他經營了一間大公司，是被你拘留的那位男子的父親。」

「大概是想瞭解內情，才慌慌張張地跑來吧！這件事怎麼不交給我處理就好了。」

▲註釋

① **なにしろ**：無論如何、總之。

② **品**《ひん》：氣質。

「いや、ここに入《はい》ってくる①なり、②とたんに彼《かれ》は話《はな》しはじめたのだ。うちの子に限《かぎ》って悪《わる》いことをするはずがない、なにかのまちがいでしょうと言《い》う。わたしは、警察《けいさつ》は理《り》由《ゆう》もなく人《ひと》を逮捕《たいほ》しないと答《こた》えておいた」

「それでなっとくしてくれましたか」

刑事《けいじ》が聞《き》くと、署長《しょちょう》は思《おも》い出《だ》すのも不愉快《ふゆかい》だといった口調《くちょう》で言《い》った。

「するとだ、札束《さつたば》をそっとわたしに差《さ》し出《だ》し、なんとか穏便《おんびん》にはからってくれと言《い》う。困《こま》ったものだ」

「そうでしたか。うむ。となると、これは遺伝的《いでんてき》なもののようだ……」

刑事《けいじ》はこれまでの③いきさつを説明《せつめい》した。警官《けいかん》を買収《ばいしゅう》しようとした少年《しょうねん》。刑事《けいじ》である自分《じぶん》を買収《ばいしゅう》しようとしたその父親《ちちおや》について……。

署長《しょちょう》はうなずいた。

中「不，他一進來就馬上開始說：『我的孩子絕不可能做壞事，大概是有什麼誤會吧！』我告訴他警察不會無緣無故亂抓人。」

「那麼，他理解了嗎？」

刑警這麼一問，局長便以一想到就不愉快的口氣說：

「這時候呀！他悄悄遞給我一捆鈔票，要我設法幫忙從輕處理。真是傷腦筋！」

「這樣呀？嗯！這麼說來，這似乎是遺傳……。」

刑警將方才的事一五一十地說出來。關於想收買警察的少年，以及想收買身為刑警的自己的那位父親……。

局長點了點頭。

▲註釋

① **～なり**：①前加動詞終止形，表示才剛……馬上……。②前加過去助動詞「た」，表示動作成立後持續著相同的狀態，就這樣一直……。③前加名詞、活用語終止形，表示類推，……之類的。④前加名詞、活用語終止形，表示A或B。⑤前加名詞、形容詞連體形，表示與……相當、那般。在此為①的意思。

② **とたん**：【途端】正當……就……、一……就……。

③ **いきさつ**：【経緯】事情的來龍去脈。

「なるほど、そうだったのか。わたしもそうしたよ。すぐ署員《しょいん》を呼《よ》び、現行犯《げんこうはん》で逮捕《たいほ》し、留置《りゅうち》させた。老人《ろうじん》で気《き》の毒《どく》だが、金《かね》で警察《けいさつ》を①左右《さゆう》しようというのは許《ゆる》せないことだ。このような精神《せいしん》を反省《はんせい》させるため、留置場《りゅうちじょう》に入《はい》ってもらうのだ。当然《とうぜん》のことだ」

「そうですとも。②やむをえないことです……」

刑事《けいじ》と署長《しょちょう》とは、ともに憤慨《ふんがい》した。警察《けいさつ》を③甘《あま》く見《み》るにもほどがある。買収計画《ばいしゅうけいかく》はいずれも不成功《ふせいこう》で、④さほどの罪《つみ》にもならないかもしれぬが、その⑤心《こころ》がまえがよくない。こんな風潮《ふうちょう》を一掃《いっそう》するためにも、ここで⑥一罰百戒《いちばつひゃっかい》をおこなわなければならぬ。

話《はな》しあっていると、机《つくえ》の上《うえ》の受話器《じゅわき》が鳴《な》った。署長《しょちょう》が出《で》る。

「はあ……。さようでございますか。しかし……、はあ、やむをえません。そのようにいたしましょう……」

中 「原來是這麼一回事啊！我也這麼做了，我立刻叫警員以現行犯當場逮捕他，並送進了拘留所。對一個老人家這樣雖然很過意不去，但想用金錢左右警察，是件不可饒恕的行為。為了讓他反省這種觀念，我才送他進了拘留所。這是理所當然的。」

「就是呀！這是不得已的事……。」

刑警與局長都相當憤慨。小看警察也該有個限度。父子倆的收買計畫皆不成功，雖然這不構成大罪，可是這種想法實在很要不得。為了掃蕩這種風氣，非得趁此機會殺雞儆猴不可。

正當兩人談論時，桌上的電話響了起來。局長拿起了聽筒。

「是的……。是這樣嗎？可是……，好吧！沒辦法，就這麼辦吧！」

▲**註釋**

① **左右《さゆう》する**：支配。

② **やむをえない**：【やむを得ない】不得不、無可奈何。

③ **甘《あま》く見《み》る**：輕視、小看。

④ **さほど～ない**：表示程度，並沒有那麼地……。

⑤ **心《こころ》がまえ**：【心構え】心理準備、覺悟。

⑥ **一罰百戒《いちばつひゃっかい》**：殺雞儆猴。

そして、いかにも残念《ざんねん》そうに受話器《じゅわき》を置《お》いた。そのようすにただならぬものを感《かん》じ、刑事《けいじ》はおそるおそる聞《き》く。

「なにかおこったのですか」

「上《うえ》からの命令《めいれい》だ。いまの老人《ろうじん》と、そのむすこと孫《まご》とを、すぐに①釈放《しゃくほう》してやってくれというのだ。政界上層部《せいかいじょうそうぶ》の有力《ゆうりょく》な②筋《すじ》からの③依頼《いらい》で、どうにもことわりきれないことなのだそうだ……」

それを聞《き》いて、刑事《けいじ》も署長《しょちょう》と同《おな》じく、くやしくてならないという表情《ひょうじょう》になったが、やがて思《おも》い出《だ》したように言《い》った。

「そうだ。まだ上《うえ》があったんです。少年《しょうねん》が取《と》り調《しら》べの時《とき》に言《い》ってましたよ。曽祖父《そうそふ》は九十歳《きゅうじっさい》を越《こ》えているがまた元気《げんき》だ、と。その名前《なまえ》、どこかで見《み》たようだなと感《かん》じましたが、やっと思《おも》い出《だ》しましたよ」

中 接著，他很遺憾似地放下聽筒。局長的模樣讓刑警覺得事情非比尋常，他誠惶誠恐地問道：

「發生了什麼事？」

「是上面來的命令。要我們立刻釋放方才的那個老人和他的孩子，以及孫子。是政治界高層有力人士的請求。看來是沒辦法拒絕了……。」

刑警聽聞後也和局長一樣面露不甘心的神情，但隔了一會兒，他好像突然想起什麼似地說道：

「對了！他們上頭還有長輩在。那個少年在接受調查時說過，他的曽祖父已九十多歲了，但仍然很硬朗。那個名字我記得好像曾在哪見過，現在終於想起來了。」

註釋

① **釈放《しゃくほう》する**：釋放。

② **筋《すじ》**：①肌肉、血管、筋。②條紋、紋理。③血統、門第。④素質、天分。⑤道理、條理。⑥情節、大綱。⑦具有～的關係、方面。在此為⑦的意思。

③ **依頼《いらい》**：①委託、請求。②依賴、依靠。在此為①的意思。

「なにをやっている人《ひと》だ」
「新聞《しんぶん》や雑誌《ざっし》などで、政界《せいかい》の①裏面《りめん》を②扱《あつか》った特集記事《とくしゅうきじ》があると、よくその名前《なまえ》が出《で》てきます。政界《せいかい》の黒幕《くろまく》といわれる大物《おおもの》なのだそうですよ」

中

「他是做什麼的？」
「舉凡報紙跟雜誌，只要是關於政治界內幕的特別報導，就常常會看到那個名字。看來好像是所謂的政界幕後大佬吧！」

▲註釋

① **裏面《りめん》**：①（東西的）裡面、背面。②幕後、內幕、背地裡。在此為②的意思。

② **扱《あつか》う**：①使用、操作。②處理、辦理。③待遇、接待。④報導、提出。在此為④的意思。

註釋索引

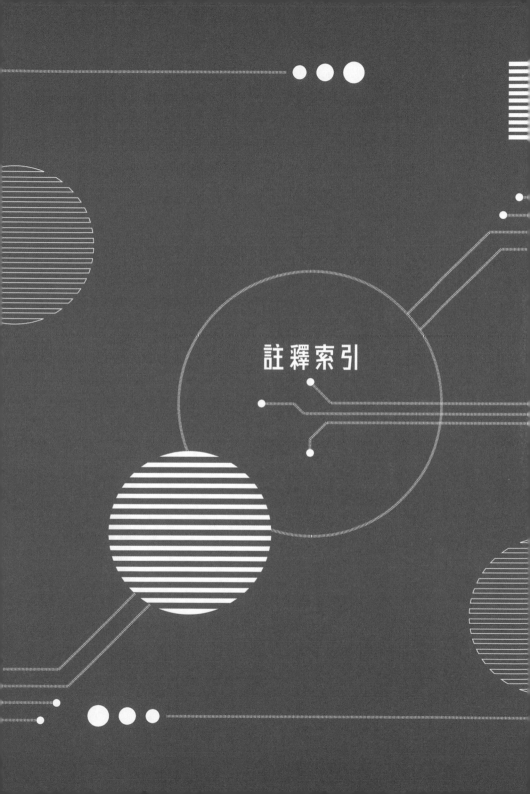

か

ち

つ

て

ふ

ほ

ま

2018年3月23日　初版第1刷　定價380元

作　者｜星新一
翻　譯｜李菁薇．林華芷
插　畫｜Aikoberry
總編輯｜賴巧凌
編　輯｜陳思穎．黎虹君
編輯協力｜王柔文．劉瀞月．劉盈菁
封面設計｜王舒玗
內頁設計｜王舒玗
錄　音｜須永賢一．仁平美穗．本田善彥
發行人｜林建仲
發行所｜笛藤出版圖書有限公司
地　址｜台北市重慶南路三段一號三樓之一
電　話｜(02)2358-3891
傳　真｜(02)2358-3902
劃撥帳戶｜八方出版股份有限公司
劃撥帳號｜19809050
總經銷｜聯合發行股份有限公司
地　址｜新北市新店區寶橋路235巷6弄6號2樓
電　話｜(02)2917-8022．(02)2917-8042
製版廠｜造極彩色印刷製版股份有限公司
地　址｜新北市中和區中山路二段340巷36號
電　話｜(02)2240-0333．(02)2248-3904

日語閱讀越聽越上手 附MP3
日本奇幻短篇集II

國家圖書館出版品預行編目(CIP)資料

日語閱讀越聽越上手：日本奇幻短篇集. II /
星新一作；李菁薇, 林華芷翻譯. -- 初版. --
臺北市：笛藤, 2018.03
　面；　公分
ISBN 978-957-710-717-6(平裝附光碟片)
1.日語 2.讀本
803.18　　107002081